설탕은 모든 것을 치료할 수 있다

최치언

시인의 말

오늘은 제 생일입니다.

그냥 슬프고 허전하고 멀리 가는 버스도 타보고

시장에도 가보았습니다.

그곳엔 생을 뜨겁게 달구는 불이 있었고

그 불로 잘 차린 식탁이 있었습니다.

저 혼자 그 식탁에 앉아 있었습니다.

그리고 언제나 혼자인 꽃이 화병에 있었습니다.

감사합니다. 오늘은 제 생일입니다.

2005년 가을

최치언

차례

3부

4부

해설

1부

올림푸스 세탁소

이 마을 가장 높은 곳엔 세탁소가 있다.
바짓단을 줄인 듯 껑충한 머리의 주인장은
지붕 위에서 함석을 기우고 있다.
코끼리 궁둥이만 한 느린 구름장이
세탁소 지붕 위에 도달할 쯤
주인장은 망치와 못을 들어 함석을 박는다.
망치가 한 번씩 내리쳐질 때마다
미싱 밟는 아내의 머리 위로 실밥이 날린다.
누룽지 같은 곰보의 얼굴이
거울 속에서 수줍게 실밥을 털어낸다.
이 마을의 가장 높은 곳엔 올림푸스 세탁소가
있다.
종일 천둥처럼 망치를 내려치는 사내가 있고
때 묻은 옷더미 속에서 바늘대로 꼿꼿이 말라
가는
그의 여자가 있다.
오늘도 비는 내리지 않고
저녁 안개가 흰 빨래처럼 펄럭거릴 쯤

주인장은 지붕 위에서 내려온다.
풀어진 세제 속에 붉게 달아오른 두 손을 담그고
여자는 하루 종일 바람을 맞은
그의 구겨진 마음을 다림질한다.

성좌

1

집은 두 번째 국도 끝에 있다

재래식 펌프가 있는 마당가 흔들의자에 그는 앉아
있다

발그레한 뺨을 알맞게 바람에 비빈다, 조개구름이
흐른다

그는 젊은 날을 몽상으로 보냈다 상앗빛 파이프를
입에 물고 다섯 권의

책을 출판했다 그는 이 지방의 유일한 몽상가다
또한 유일하게 외로운

사람인지도 모른다

2

그런 그에게도 늦은 오후 친구가 찾아온다

무겁게 가방을 둘러메고 우편배달부는 마당으로
들어선다

몽상가는 흔들의자를 내온다 우편배달부는 흡족
한 듯 의자에 몸을 묻고

윗주머니에서 우표책을 꺼낸다 매번 우표를 보여주며 마음에 들지 않는다고

투덜거린다 몽상가는 눈살을 곱게 접고 진심으로 부족함이 없다고 위로한다

우편배달부는 그래도 자네는 내가 가진 가장 쓸 만한 우표라 말한다 그러곤

몽상가의 입술에 바짝 귀를 가져간다

오늘은 오리온성좌를 봤네 성좌는 커다란 꽃이었어 오색의 나비 떼들이

쉴 새 없이 날아올랐지 마치 어릴 적 자네와 내가 쏘아 올린 폭죽 같았어

그러더니 저 낡고 녹슨 펌프가 드디어 물을 쏟아내지 않았겠나

십 년 만의 일이었지 어찌나 맑고 투명한 물이던지, 어때 자네라면

내 말을 믿을 수 있겠나

우편배달부는 진심으로 고개를 끄덕여준다

하지만 미안하이 오늘도 자네에게 온 편지는 내겐

없네

   우편배달부는 우표책을 한참이고 만지작거리다 가방을 둘러메고 석양이

   노랗게 비껴 낀 국도를 힘겹게 걸어나간다

3

   집은 두 번째 국도 끝에 있다 그는 흔들의자에 앉아 있다

   오래전 귀가 먹어버린 우편배달부의 작은 귀를 아주 오랫동안 떠올린다

   이 마을에서 유일한 몽상가인 그에게도 밤이 찾아든다

   그의 두 발이 어둠을 밟고 현관문을 열었을 때

   오래전 눈먼 그의 눈 속으로 성좌의 나비 떼들이 일제히 날아들기 시작한다

늑대

그가 왔다
바람 속을 떠도는 늑대의 얼굴을 잘라 들고 왔다
손이 긴 사내와 짧은 목의 여자는 트럼프를 치고
주인은 유리잔을 닦고 있었다
나는 목조 의자에 앉아 끓어오르는 가래를 삼키
고 있었다
창밖으로 눈발이 들이치고
그는 한쪽 눈을 붕대로 둘둘 감고 있었다
사내는 트럼프를 치며 가끔 기지개를 켜고, 톱밥
난로에 톱밥을
끼얹었다 주인은 열두 번째 유리잔을 닦고 있었다
그는 오랫동안 문 앞에 서 있었다 늑대의 얼굴에선
피가 뚝뚝 떨어지고 있었고
그의 그림자는 푸른 등잔 아래 흔들리고 있었다
나는 참지 못하고 주인과 두 사람을 향해 소리를
질렀다
이봐 그가 왔단 말이오 그가 말이오
주인은 그제야 반쪽 테이블을 가리켰다

그는 대단히 지쳐 보였고 눈은 풀려 있었다 그리
고 맨발이었다

나는 기침으로 가슴을 쥐어뜯고 있었다 멀리 교회
당의 종소리가 들려왔다

그가 의자를 당겨 앉자 뒤를 밟아온

바람이 벌컥 창문을 열고 은빛 머리칼을 함부로
그의 뒤통수에 휘둘렀다

다시 창문이 닫혔다 톱밥이 잠시 날렸다 쓰러졌다

손이 긴 사내가 술잔을 권했다 그는 감자마냥

얼어 터진 두 발을 들어 보이며 아주 먼 길을 걸어
왔다고

희미하게 웃어 보였다

나는 의자 위로 담요를 끌어당기곤 눈을 감아버
렸다

웃고 있는 그가 바보같이 생각되었다

바보 같은 그가 목이 짧은 여자에게 늑대의 얼굴
을 건네주었다

그녀는 카드를 뒤집으며 웃어 제꼈다, 사내의 긴

손이 톱밥 난로 속에
　늑대의 얼굴을 던져 넣어버렸다
　"이건 바보 같은 짓이야"
　누군가 뜨거운 엽차를 들이켜는 소리가 들렸다
　등잔의 기름이 바싹바싹 타올랐다, 다시
　사내와 여자는 트럼프를 치고 주인은 주방으로 사
라졌다
　창밖으로 여자의 썩은 이빨마냥 집들이 흰 눈 속
에 박혀 있었다
　그의 울음소리가 나의 두 귓속으로 눈발처럼 날아
들었다
　무척이나 길고도 고요한 겨울밤이었다

　아주 오래전 그날도
　늑대로 태어나 늑대로 죽었던 이들이 있었다

여자들의 저녁 식사

사라접시 같은 하얀 치마의 웨이트리스가
스텐그릇에 담아온 건 식사가 아니라 한 자루의
식칼, 받으시야요
여자가 두 손으로 받자 사내는 넥타이를 고쳐맨다
줬으니 받아야지요 여자는
사내를 비켜 주방 쪽을 바라보며 말한다
주방장이 그들을 바라보며 국자처럼 서 있다
밖엔 바람이 심하게 불고 있군. 사내가 지독한
입 냄새를 풍기며 말한다 먼저 받으시죠 아니, 저
창밖의
가로수들 좀 봐. 초조한 듯 주방장이 부푼 성기 같
은 모자를
고쳐 쓰곤 여자에게 눈짓을 준다
그럼 먼저. 여자가 칼을 들고 사내는 목을 쭉 내
민다
아이 그럴 수는 없어. 여자가 사내에게 칼을 쥐여
준다
시간이 없는 관계로 웨이트리스가 사내의

칼을 빼앗아 여자에게 준다 사내는 다시 목을 쭉
늘어뜨린다

언제쯤 저 바람이 그칠까 사내의 말이 떨어지자

한 번의 망설임도 없이 여자가 사내의 목을 내리
친다

주방장이 안도의 한숨을 쉬고

사내는 칠면조처럼 피를 내뿜고 쓰러진다

어둔 식당엔 때마침 모차르트의 레퀴엠이 터진다

웨이트리스가 사내의 머리를 스텐그릇에 담아

경쾌하게 주방 쪽으로 뛰어간다

여자는 피 묻은 냅킨을 쳐들곤 소리 높여 외친다

제발 맛있게 요리해주세요!

그러곤 가슴을 쥐뜯으며 거리의 포플러처럼 운다

주방에서 먼 칼질 소리가 들려오고

식탁마다 실성한 여자들이 혼자 저녁을 먹고 있다

공황

사내는 5번가에서 담배를 꼬나물고 시계의 초침을 바라본다 비가 오기를 기다리는 것이다 그의 부푼 엉덩이와 튀어나온 배는 초조함으로 팽팽히 긴장해 있다 이윽고 비릿한 비의 냄새가 코를 간지럽힌다 사내는 뭉툭한 구두 끝으로 담배를 비벼 끄고 왼 손목의 시계를 푼다

비는 어느 틈엔가 쏟아지기 시작한다 순식간에 사내의 대머리가 젖는다 그는 시계를 버리고 주머니에서 다른 시계를 찾아 오른 손목에 찬다 이런 일은 정확성을 요구한다 사내는 6번가 블록으로 내달리기 시작한다 그의 짧고 굵은 다리는 그러나 우리들의 의문보다 더 빨리 달린다 이렇게 사내는 1번가에서부터 비를 마중하고 있었다

이 도시에서 그의 직업이란 거리에서 비를 맞이하고 다음 거리로 내달리는 일, 사내가 넘어지지만 않는다면 그는 6번가에서 또 다른 시계를 보며 담배를 한 대 피울 수 있을 것이다 사내는 아주 오랫동안 직업을 가지지 못했다 오늘이 그의 첫 출근인 것이다

왜 이러한 직업이 이 도시에 필요한 것인가

사람들은 그의 우스꽝스러운 몸이 달리는 것을 본
다 고단한 삶에 혀끝을 담그듯, 그의 일그러진 표정
을 음미한다 이윽고 실없는 짓이라 손을 내저으며 창
문의 블라인드를 내린다 그리고 식사를 하며 그의 출
렁이던 목살의 진지함을 생각하곤 폭소를 터뜨리는
것이다 데굴데굴 구르는 이도 있다 그러니까 그의 직
종은 신종 서비스업이다

비 오는 날, 사내가 달린다 양 볼에 잔뜩 바람을 물
고 두 눈은 붉게 충혈되어 있다 달아오른 심장 박동
소리가 그의 두 귀를 터뜨려버릴지도 모른다 사내는
최선을 다한다 이젠 지칠 때도 됐는데 지쳐서는 안
된다 성난 코뿔소처럼 더운 숨을 헐떡이며 달린다 부
디 그가 실패하지 않기를 뒤쫓는 비도 바라고 우리도
바란다 단 실업자들은 잔뜩 긴장한다 단춧구멍만한
눈을 치뜨고 그의 실패가 그들에게는 또 다른 기회
가 될 수도 있기 때문이다

비는 6번가에 내리고 있었다

촛불

양초 파는 노인은 국민양초를 나에게 권했다

오늘 밤은 조심해야 할 거야
구둣발 소리가 먹장구름처럼 몰려오고
문이 벌컥 열렸을 때, 당신의 방에
이 양초가 타오르고 있다면 그들은 돌아갈지도
모르지
아무 일 없었다는 듯 너의 집을 지나쳐가고
알전등이 비치는 다른 집을 찾아가겠지
그럼 너는 안도의 한숨을 몰아쉬고 내일은
국민양초를 한 통 더 사두어야겠는걸, 아마 그렇
게 될 거야
나는 왜냐고 묻지 못했다
언제부터인가 공습경보가 점점 길어지고
폭격은 날로 심해지고 있었다 그 폐허의 자리에
양초공장이 속속 들어서곤 했던 것이다
이제 남은 것이라고는
집집마다 타오르는 양초와 제 몸의 두 배쯤으로

일렁이는 사람들의 불안한 그림자밖에는 없었다
이 전쟁이 누구와의 싸움인지,
그러나 누구도 함부로 입을 열지 않았다

촛불은 쉬이 꺼지는 법이니까.

말 탄 자

말 탄 자가 지나가는데 고개를 숙이지 않는다고

그는 채찍으로 등짝을 후려맞았다

홍당무 같은 붉은 비명을 지르면서도 그는 고개를
빳빳이 들었다

우리들은 그에게 합당한 수사를 붙여주었다

그는 채찍을 두려워하지 않는 유일한 자다! 그런
그가

말 탄 자가 되어 돌아왔다 우리들은 그에게 꽃다
발을 던지며

환성을 질렀다 그러나 그는 박차처럼 날렵히

말에서 뛰어내려 무릎을 꿇었다, 그 뒤로 또 다른
말 탄 자가

왔다 그의 말은 콧김을 내뿜으며 꽃다발을 짓뭉개
버렸다

순간, 부인들이 치마를 뒤집어쓰고 가슴을 쥐뜯
었다

새로운 말 탄 자는 우리들의 유일한 자의 굽은 등
을 즈려밟고

성난 갈기처럼 내깔겼다

말 탄 자는 꽃 따위에 코를 처박진 않는다, 우리들
은 술렁거렸고

누군가 그에게 합당한 수사를 생각해내었다

말 탄 자는 어떤 아름다움의 유혹에도 흔들리지
않는 말 탄 자다!

그는 부인들의 머리를 지그시 구둣발로 짓누르며
말했다

이곳으로 말 탄 자가 지나갈 것이다 정오가 절뚝거
리며

광장에 드리워졌다 또 다른 말 탄 자가 왔다

그의 말은 우리들의 코앞에 한 무더기 구린 똥을
내질렀다

똥을 손가락으로 찍어올린 그는 사내들의 경건한
코에 묻히며

말했다 나는,

그 어떤 더러움도 두려워하지 않는 말 탄 자다!

그 뒤로 수없는 말 탄 자들이 은자처럼 도착했다

우리들의 수사는

끝없이 만들어졌다, 이윽고 말굽의 달을 머리에 이

고 최후의

한 사람이 도착했다

모든 말 탄 자들이 그 앞에 황급히 무릎을 꿇었다

그가 말했다, 누군가 내 말을 타고 사라져버렸다

그러나 나는

이곳에 걸어서 왔다

마지막으로 온 자는 말 탄 자들 뒤에 온다

이것으로 우리들의 오랜 수사는 끝났다

그는 말없이 왔다.

종교적으로 때론

그녀는 오른다 낡고 오랜 계단은 삐걱인다
삐걱이는 소리에 가끔씩 놀라는 그녀, 얼굴은 동그
랗고
두 귀는 붉다 잘 구운 빵마냥 부푼 퍼머 머리에 노
란 스카프를
두른 그녀, 양손엔 양동이와 걸레를 들었다 그녀
는 오른다
매번 오르는 계단이지만 그 끝을 알지 못한다

*

그녀가 사라져 버렸다
마술사는 자신의 손끝을 들여다본다
손끝에서 그녀의 웃음소리가 들리는 듯,
간지럽다
관객들은 다시 나타나지 않는 그녀를 걱정하지 않
는다
단지 쇼가 – 그들은 모든 것이 쇼라는 것을 안다 –

중단된 것에

불만을 터트릴 뿐이다

마술사는 무대 뒤로 황급히 퇴장한다

샅샅이 소품들을 뒤져본다 혹시라도 그녀가

소품들 속으로 숨었는지도 모르는 일,

그는 긴장하기 시작한다 옷소매와 모자와 구두를 벗어

털어본다

분명 그녀는 얍 하는 기합 소리에 사라진 것이다

장막을 치면 무대 밑으로 내려갔다가 다시 올라오기로

한 그녀,

마술사는 점점 더 온몸이 가려워지는 것을 느낀다

그녀가 웃고 있는 것만 같다

그는 한참이고 불 꺼진 객석을 쳐다보다가

허공을 향해 얍 얍 소리를 질러본다

도대체 그녀는 어디에 있는 것일까

마술사는 자신의 마술이 두려워지기 시작한다

그는 이제까지 쇼를 한 것에 불과한데
이렇듯 상상도 못 한 기적이 일어난 것이다

*

그녀는 오른다 끝도 없이 허공으로만 나 있는 계단
을 오른다
양동이와 걸레를 잡은 두 손으로 기어서 오른다
까지고 너덜너덜해진 제 살갗을 핥으며, 얼굴은 동
그랗고
두 귀는 붉다 이렇게 아름다운 그녀가
부러진 다리를 끌며 오! 이토록 잔인한 그녀가
계단 끝을 알지 못한다

*

자신의 직업을 통해 신을 만나는 자는 행복한 자
다

이런 말을 털 빠진 비둘기처럼 날리며
잔뜩 슬픔에 취한 마술사는
계단에서 미끄러진다
계단 끝을 알지도 못하면서
기적이 다시 마술이 될 때까지 굴러떨어진다

수레국화

언덕 위로 우린 수레를 밀고 갔었지요

짐칸 가득히 양푼들을 싣고

보글보글 끓고 있는 팥죽을 떠 담기 위해

어젯밤 훔친 북두칠성 국자를 들고

옆집 영양사 누이를 꼬드겨 우린 수레를 밀고

언덕을 오르고 있었지요

바퀴가 진창에 빠지면 어쩌나 근심도 한가득

실어 담고 저 맛나고 구수한 죽이 식어 빠지면 어쩌나

으싸으싸 붉은 병정개미 떼처럼 궁둥이를 가로세로 흔들며

수레를 밀고 또 밀었지요 얼마쯤 올랐을까요 앞에서 끌던

친구가 머리를 땅에 박고 거꾸러지는 거예요 순식간에 바퀴가

밀리며 뒤에 있던 두 친구를 깔아뭉개버렸어요 나와 영양사

누이는 어깨 위에 국자를 메고 그저 수레가 언덕

밑으로

　굴러 떨어지는 것을 쳐다만 볼 뿐이었지요 저렇게
가을로

　떨어지기만 하면 꽃이 될 수도 있겠구나 생각했지요
　거짓말처럼 우리가
　오르던 길에는 수레국화가 탐스럽게 피어 있었지요
　우린 국자를 하늘 높이 던져버리고
　친구의 주검 위에 두 개의 바퀴처럼 드러누웠지요

동거

공터 한 켠에 버려진
그 낡고 오래된 냉장고의 문을 열자
염소가 한 마리 고등어를 입에 물고 있었다
고등어는 금방 잠에서 깨어난 듯 죄 없는 눈물 한
방울
얼음처럼 톡 여자의 발아래에 떨어뜨렸다
얼마나 오랜 시간이었을까 염소가 고등어를
입에 물고 고등어가 더운 눈물을 얼음으로 만들기
까지는.
여자는 염소의 목에 매어진 밧줄을 당겼다
그러나 여자가 오히려 냉장고 속으로 끌려들어 가
고 있었다
아주 낯설고 침울한 슬픔이
냉장고 속에 성에처럼 깔리고 문이 닫혔다
어느 날 내가
그 버려진 냉장고의 문을 열자
허연 성에를 뒤집어쓴 여자만 혼자 그곳에 남아 있
었다

얼마나 오랜 시간이었을까
염소가 고등어를 먹고 여자가 염소를 잡아먹은
그 외롭고 배고픈 시절은.

화장터

아주 놀라운 일이었지

내가 장작더미 위에 누워 화장을 당하고 있었던
거야

가족들은 타오르는 불 밖에서 춤을 추고

나는 불 안에서 불안에 떨고 있었지 이내

내 몸에서 믿기지 못하는 일이 벌어지고 있었지

먼지에 돋보기를 대듯 살갗이 구슬구슬 타들어가
기 시작했지

먼저 왼팔이 안으로 꺾여 들어가고 눈알이 팝콘처
럼 부풀어 오르다

터져버린 거야 눈물도 나지 않더군 두 발을 꽁꽁
묶었던 밧줄이

맥없이 풀어졌지만 뛰쳐나갈 수 없었어 그때 동
생이

부지깽이로 내 배를 푹 찔러보는 거야 장난처럼 비
명도 없이

젓가락을 받아들이듯 내 배가 내장을 쏟고 말았지

구린 날들이 일제히 새털처럼 꼬스라들고 말았

지만

   누군가 가족사진을 내던지고 저주를 퍼붓고 있

었지

   저건 죽어서도 구린내를 풍기는군

   그러나 내 귀는 이미 쪼그라들고 말들은 혓바닥에

   붙어버렸지 아 그때 나는 처음으로 말의 맛을 알

고 말았지

   텁텁하고 누른 피의 맛 그리고 나는 이렇게

   뼛가루로 뿌려지고 있는 거야.

   식구들은 강 저편에서 새벽이 오기 전에 쓰러져

잠들었지

   어머니가 조용히 일어나 말간 숯불을 들춰보는

거야

   식구들 몰래 숯불에 감자를 구워 먹는 저 여자는

   다시는 처녀가 될 수 없는 어머니는

   울고 있었던 것도 같은데

   그러니 너도 배고프지 않니

   주둥이 미어터지도록 어서 너도 한입 베어 물렴

잘 익은 허기 한 근.

환環

저 붉은 60와트의 전구 속에서 무슨 일이 벌어지
고 있는가
나는 젓가락을 들고 연어의 흰 눈알을 파먹고 있다
눈알 속에는 푸른 강물이 흐르고 강물 속 두 발을
담그는
어린 내가 있다 왜 나는 서럽게 울면서 그날 강가
에 있었나
연어는 어디에서 와서 내 발가락을 깨물며 아파아
파 했는가
나는 연어의 흰 눈알을 어금니로 깨물고 터뜨리며
내 이름은 무엇이고 저 60와트의 전구 속에서는
무슨 일이 벌어지고
있는가 머리 위 스위치를 더듬거리는 손끝에서 어
둠이 먼저
쏟아져 나올 때 왜 연어의 텅 빈 눈자위 속에서 그
날 강가의 별들
이 빛나고 있었나
별들은 얼마나 오랜 시간을 걸어와 눈물의 알을 낳

고 있었나

　누가 알 수 있었겠는가 서쪽 하늘에서 소리도 없이

　달이 하나 미끄러져 나오는 걸 그때 아파아파 울
던 연어는

　필라멘트처럼 가늘게 지느러미를 떨며

　어느 산속 깊은 개울을 거슬러 오르다

　스위치를 움켜쥔 내 손에 의해 영원히 생을 점멸당
하는

　60와트 전구 속의 내가 알지 못하는 연어의 일들.

장마 1

요는 여자가 이렇게 말한다는 것이다.
물이 지나간 자리가 아름다워요 뭐랄까
폐허의 진지함 그런 것 말이야요, 그러면서 그녀는
한쪽 구두를 벗어들고 미루나무 밑동을 세게 후려
쳐보는 것이다
그러나 아직 이렇게 건재한 것들이 있다는 건
우스워요 또한
장마가 끝나지 않았다는 증거일 수도 있고요
남자는 무겁게 고개를 끄덕이며
순간 그녀의 구두를 빼앗아 강물 위로 던져버리는
것이다
그렇지 폐허의 진지함이란
지금부터 짝발을 디디며 집으로 걸어가야 할 우스
꽝일거야
놀란 여자의 동그란 입속으로
빗방울이 떨어지기 시작한다.

2부

우리 시대의 스승

  시인이 되던 날, 나는 녀석들과 함께 맥주홀에 둘러앉아 있었다

  온다던 그가 들어오면 우리는 일어서서 그를 맞이하기로 했다

  그는 아직 오지 않았다 생쥐 같은 계집애들이 앞치마를 두르고

  술을 나르고 있었다 그가 문을 열고 들어오면 제일 잘생긴 놈이

  우산을 펴고 지금까지 우리들이 보내온 우중충한 날씨에

  대해 얘기하리라 했다, 그는 아직 오지 않았다

  옆 테이블의 한 녀석이 취해 횡설수설 화장실로 걸어가고 있었다

  주인아저씨는 계산대 앞에서 한 꼬마 계집아이를 불러 세우고

  무언가 닦달하고 있었다 그래도 계집아이가 웃었다, 그는 아직 오지 않았다

  나는 참지 못하고 그의 집에 전화를 걸었다

출발했다고 한다 우리들은 비 오는 창밖을 서로

뭔지재시 않게 훔쳐보았다

그중 한 여자애는 자신의 장밋빛 젖가슴을 두 팔

로 감싸 안은 채

하품을 하고 있었다 그가 들어오면 본때 있게 그

의 가슴에 슬쩍 부비리라.

화장실로 들어간 옆 테이블의 녀석이 우리 곁을 지

나가며 다 필요 없는 짓들이라고 했다 그럴 것이다

우리들은 다들 우산을 하나씩 들고 왔는데 우산

들은 말없이

홀 계단 앞 휴지통에 담겨져 있었다

그는 아직 오지 않았다 술을 나르던 계집아이들이

가슴춤에서 터질 듯한 하얀 블라우스로 갈아입고

하나둘씩 맥주홀을 나가고

있었다. 그는 보기 좋게 아직 오지 않았다

주인아저씨와 우린 아무 말이 없었고 잘생긴 녀석

이 울면서

나가버렸다 그러나 그는 오지 않았다 그렇게 모두

다 집으로

　돌아가 버렸다 그녀와 나만 창밖을 쳐다보고 있었
다 이제 그만 그는

　와야 하는데 그녀가 혀가 꼬부라져 소리쳤다 니가
시인이냐 우산장수만도

　못한 녀석 나는 그 소리를 끝으로 탁자에 쓰러
졌다

　오! 그래도 그는 아직 오지 않았다

　또렷이 들리는 구둣발 소리 팝콘처럼 터지는 시간
의 비명 소리

　그렇게 시인이 되던 날, 나만 혼자 빈 홀 안에서 울
었다 온다던 그는

　옆 집 맥주홀에서 나처럼 쓰러져 울고 있었다.

끈

그것 봐요, 내가 뭐라고 그랬어요 그 끈을 놓으라
고 그랬죠

여자는 외투를 허공에 받아 걸며 별들을 켠다

모르는 소리, 그 끈이라도 잡고 있으니까 이만큼이
라도

버틴 거라고

남자는 세숫대야 속 부어오른 자신의 얼굴에 두
발을 담근다

여자는 검은 폐수가 흐르는 방바닥에 신문지를 깔
고 밥상을

차린다

고작 이만큼을 살려고 그 끈을 잡고 있어요

저와 애들 때문이라면 차라리 그 끈으로 콱 목을
매고 우리 식구 함께 죽어요

분을 찍어 바르던 여자가 분이 삭지 않는지 거울
속에서

남자를 째려본다

순간 남자가 폐수 속으로 뛰어들어간다

여자의 놀란 립스틱이 눈꼬리까지 쭉 그어질 쯤 남
자는
폐수 속에서 고래를 끌고 나온다, 이것 보라고 그
끈이라도 잡고
있으니까 용케 살아나올 수 있는 거라고
남자는 고래의 등 위에 올라타 작살을 높이 쳐든
다
다급한 여자의 목소리가 전화기 저편에서
울부짖는다
그이가 드디어 미쳤어요, 더러운 고무 튜브를
타고 앉아 고래라고 그러지 않겠어요 칼, 식칼을
들었어요
이 집구석에 튜브가 터지면 큰일이에요
잘들 보라고,
고래의 등을 따서 고래등 같은 집을 꺼내주……
부러진 장롱짝을 움켜잡고 여자와 남자가 필사적
으로
폐수에 떠밀려간다

내가 뭐라고 그랬어 이 끈이라도 잡고 있으니까 죽
어도 함께 죽는 거라고
죽으려면 제발 혼자 잘 가시라니까요
여자는 황급히 끈을 잘라버린다
여자의 늦은 밤 외출은 그렇게 시작되었다
끊어진 끈을 발목에 질질 끌고 여자의 그림자가
골목을 빠져나가고 있다
누군가 별을 끈다.

원 안을 보다

　금지된 선을 넘지 않고 금지된 선 밖으로 누가
　더 멀리 높이 우아하게 원반을 던질 것인가
　탄성으로 원반과 함께 뛰쳐나가려는 자신의 욕망
을 붙들고
　누가 더 아슬아슬하게 엄지발가락을 압정처럼 땅
바닥에
　눌러 꽂고 버텨야 하는가 그러다 발톱이라도 부러
지는 날엔
　더운 생피까지 흘려야 하는가 한번쯤
　던진 원반과 함께 새처럼 금지된 선 밖으로 제 자
신의 욕망을
　내던질 순 없나
　왜 모든 게임의 규칙은 원초적인 의지의 시험인가
　오늘 여기 이 사람은 여러분들 앞에 기적을 보이겠
다고
　금지된 선 안에서 호흡을 고르고 있다
　원반 대신 자신의 몸이 날아가는 것을 보기 좋게
　관중들 앞에 보이고자 한다 아직 눈치채지 못한

관중은

　그의 우아한 동작에 하품을 하고 있다 마지막 손끝에서

　원반이 미끄러질 때까지 옆사람과 음료수를 나눠 마시며

　필드의 저쪽을 가늠해보고 있다

　그러나 이 사람은 제 몸을 금지된 선 밖으로 날려 보냈다

　원반은 선 안에 떨어진 그림자처럼 말이 없고

　허공으로 날아가던 사내는 필드 저쪽에 자신의

　머리통을 창처럼 땅바닥에 꽂고 두 다리를 브이자처럼

　벌리고 있다

　야유와 함성은 씹다 버린 껌처럼 의자에서 떨어지지 않았다

　주치의는 기다렸다는 듯이 필드를 달려간다

　청진기처럼 두 팔을 흔들며 그는 웃고 있다

　여자의 거들 같은 팬츠를 입은 심판들도 웃고 있다

관중도 드디어 파도처럼 일제히 일어나서 웃고 있다
사내는 유일하게 원반을 던지고 죽은 선수
원 밖에서 원 안의 원반을 들여다보는 유쾌한
죽음.

구멍

　정확히 6천 원을 그 창구 속으로 집어넣으면 그러
니까 왼손에는 오징어 봉지를 들고 오른손으로 컴컴
하고 어두운 아니 은밀하기조차 한 수챗구멍 같은 그
속으로 돈을 밀어 넣으면 하얗고 가느다란 손이 덫을
건드려보는 새앙쥐마냥 민첩하고(그렇다 분명 손에
서도 표정은 있었던 것이다) 신경질적으로 조조 좌석
권 한 장을 내미는 것이다. 어두운 날에 대한 기억을
그 작은 곳에서 어떻게든 견디어보겠다는 심사인지
아니면 사과를 잘못 먹고 끌려온 백설공주라도 된단
건지 다시 컴컴하게 입을 다무는 구멍 속의 더 작은
구멍이 들어앉아 있는 가리봉극장 애마가 말 타던 시
절은 그래도 공연이 흡족했던 시절, 나팔꽃처럼 두
귀를 활짝 열고 몸과 몸이 엉킬 때의 노곤한 모음의
소리를 자음의 뻣뻣한 자세로 듣다 보면 오징어를 씹
는 왼 턱밑에서 치통처럼 번져오는 그 구멍 속에 들
어앉은 더 작은 구멍이 생각나고 구멍의 손이 불쑥
들어온 나의 손을 혐오했을까 삐죽 솟아난 중지 끝
에서 회오리치던 내 욕정을 맥없이 들킨 것은 아닌지

눈에 반짝 불을 켜보면 손톱 밑의 때가 어둠에 가려
진 달의 반편쯤으로 생각할 여유가 이 어려운 시절에
는 있지 않을까가 스크린 자막에 떠오르는 것 같다가
도 내둘러 머리를 가로저어보면 텅 빈 영화관, 사람
들은 꼭 자기 만한 어둠을 빈 의자 위에 앉혀놓고 의
자 속 더 깊이 자신을 파묻고 있었다 손은 다들 어디
다 두고 몸으로 어둠을 파나

　　　지문처럼 번지는 종료 벨 소리 −

현대서점 앞

　현대서점 네온간판 아래 두 개의 의자가 두 그루의 플라타너스를 마주 보고 있다 그는 두 번째 의자에 앉아 고개를 정방향에서 15도로 꺾어 첫 번째 가로수를 바라본다 그러곤 가끔 왼손에 찬 시계를 내려다본다 대낮처럼 밝은 서점 안의 사람들은 각자의 자리에서 완본 책을 검사하는 공원들 같았다 이따금 서로의 어깨를 스쳐 자리를 조용히 옮겨갈 뿐 그들에겐 의자에 앉아 있는 그도 그의 15도 시선도 바람 부는 저녁의 가로수도 유리 밖 어둔 세상의 일일 뿐이다 그래도 그의 시선은 집요하게 첫 번째 플라타너스에 꽂혀 있다 그는 누군가를 기다리는 것이다 오지 않는 누군가 나무의 둥치 속에 갇혀 있다는 것일까 나머지 한 그루의 나무가 잎새를 툭 떨어뜨려도 그는 고개를 숙여 왼손의 시계를 본다. 그리곤 다시 첫 번째 플라타너스를 응시하는 것이다. 그는 두 의자 중에 한 의자에 앉았고 두 나무 중에 한 나무를 응시하였다 바람이 살짝 그의 머리칼을 쓸어보곤 빠르게 지나치는 차들 속으로 뛰어든다 초조한 듯 그는 자리에서 일어나 서점 안의 둥근 벽시계를 들여다본다 아주 잠깐 자동문이 열리고 걸레를 든 종업원이 첫 번째와 두 번째의 의자를 지나 분식집 골목으로 사라져갈 뿐이었다 이내 목이 긴 여자의 손에 들려있던 마지막 책갈피가 넘어가고 열 번의 시계 종이 울렸다 그는 결심한 듯 뒤돌아 첫 번째 플라타너스와 두 번째 플라타너스 사이로 달려가는 것이다 현대서점 원도에 비친 그는 마지막 신호를 가까스로 지키며 횡단보도 저편으로 달려가고 있었다 들어갈 수 없는 서점 안으로 달려가는 그와 마지막 신호를 지키려는 그가 원도 속에서 영원히 둘로 나누어지고 있었다 그가 기다리던 누군가는 아직도 첫 번째 플라타너스 둥치 속에 그의 집요한 시선으로 박혀 있었다.

지나침

나는 지금부터 오비캠프로 가는 길을 그에게 묻
겠다.

왜, 당신은 늦은 밤 11시 20분의 마을버스를 타려
하는가. 계단 아래 쭈그려 앉아 있으면 시선이 집중되
는 걸 모르는가.

왜, 당신은 철 지난 문예지를 양손으로 꼭 쥐고 있
었나, 뿌연 안경알 속 두 눈은 안경 밖을 보고 있는가
안경 안을 들여다보고 있는가.

왜, 당신은 줄을 서지 않고 줄 밖에서 줄 안의 사
람들을 노려보고 있는가. 도대체 내가 오비캠프 가는
길을 물을 것이라 생각이라도 해보았는가.

왜, 당신은 그때 기다렸다는 듯 일어섰고 바람의
방향을 향해 기병처럼 고개를 돌렸는가, 무엇을 보았
는가 보려 했는가.

마을버스는 오지 않고 너는 내가 걸어오고 있는
전방 5미터 앞에 정확히 침을 뱉었다. 질문들은 아직
내 속에서 줄을 맞추지 못했으나 정류장엔 가로수가

보였고 쓰레기통이 반쯤 엎어져 있었다. 너는 꾸부정한 학생으로밖에 보이지 않았으나.

왜, 나와 눈이 마주치자 불안한 하품을 게워내고 있었나 눈을 마주치기나 했던가 나만의 오해였던가.

나는 네 앞에 섰다. 오비캠프 가는 길에 대한 질문은 간단하게 끝이 났다. 하얀병원영안실뒤편을찾는게빨라요. 그때 너의 말은 언제부터 준비된 대답이었나, 그 후로 당신에게 어떤 변화가 있기는 했는가.

왜, 11시 20분 차는 11시 40분에 왔는가 당신이 탄 버스가 멀어지고 무엇인가 질기게 툭 끊어지는 소리가 들렸는데 너는 무수한 길들 속으로 사라지고 없었다.

팔뚝 위의 새

자고 일어나면 시시껄렁한 일들이 다반사로 벌어
져요

애인은 하루 열두 시간을 미싱대 위에서 보낸대요
그런 일들이

어떻게 가능해요

그래서인지 애인의 몸에선 미싱 소리가 들려요

월급날도 미싱 기름 같은 튀김만 사줘요

저는 지금 교도소에 있어요 반지를 훔쳤죠

제 콧구멍만 한 걸 훔치고 맞기는 이 주둥이가 부
르트도록

맞았죠, 아버지는

니 분수껏 살라고 쇠창살 저편에서 소리쳐요

미안하지만 하나도 안 들려요

어제는 애인이 다녀갔어요 검지손가락에 붕대를
퉁퉁 감고

자꾸 손가락을 주머니 속에 감췄어요

빌어먹을! 무슨 옷을 만들길래 피를 철철 흘리고
만드느냐고

비꼬아줬어요 그날 밤 교도소 벽에 내 머리통을
삼천 번은 짓찧었을 거예요
보기 좋게 저도 머리에 붕대를 퉁퉁 감았죠
목욕탕 때밀이하던 아버지의 말이 떠오르네요
직업에 귀천이 어디 있어 사지 멀쩡하면 무슨 일이
라도 해야지
아버지의 팔뚝에 새가 한 마리 젖은 잉크처럼 번
져 있었어요
제가 목욕탕을 나갈 때 아버지는 카운터 한구석에
쪼그리고
앉아 사발면을 먹고 있었는데,
벌떡 일어나 인사를 하는 거예요 잠시 저는 제 구
두를 꿰차지
못하고 덤벙거렸죠
애인에게서 편지가 왔어요
그걸 시라고 해야 하나, 감동적이었어요
삶이 그대를 속일지라도 슬퍼하거나 노하지 마라
그 뒤로 애인은 면회를 오지 않아요

노하거나 슬퍼하지는 않았지만 애인의 나머지 손
가락이

걱정되드라구요

아버지가 또 쇠창살 저편에서 떠들어대고 있어요

제발 니 분수껏 살아라

그런데 그 전날 밤 저도 제 팔뚝에 새를 그려 넣
었어요

새의 날개에 애인의 이름도 새겨 넣었죠

바늘로 한 땀 한 땀 떠서 수를 놓았는데

눈물이 조금 찔끔했어요, 쪽팔리게 제가 아파서
그랬겠어요

그리고 생각해보았죠

남의 몸의 때는 밀어도 곰살스럽게 사발면은 먹지
않겠다고.

아버지가 또 쇠창살 저편에서 떠들어대고 있어요

이놈의 새끼야 제발 니 맘껏 훨훨 날아라

제겐 왜 그렇게 들리죠?

숲의 기적

벌거벗은 그는 숲에서 걸어 나왔다고 그랬다

그가 말할 때는 입속에서 새들이 쏟아져 날아
올랐다

억센 머리칼은 나무의 뿌리처럼 귀를 덮고 목덜미
를 휘감았다

정보원에서 진상을 파악하러 마을로 왔다

그의 손에 수갑이 채워지고 입엔 재갈이 물렸다

취조는 그의 영혼을 마른 삭정이처럼 분질러버렸다

그에게 말을 시켜보면 굴참나무 잎 소란대는 소리
를 냈다

산림청에서 나온 간부는 그는 인간이 아니라고
했다

수백 년 묵은 나무가 돌연변이 한 새로운 나무의
종이라고 했다

그는 식물원으로 호송되고 주변에 쇠줄이 드리
워졌다

그 앞에는 안내판이 설치되었다

그러나 그는 매 끼마다 인간의 밥을 먹었다 오줌을

싸고

황토빛의 똥을 누었다

바람이 부는 날이면 그는 새들을 자신의 입속으로
불러들였다

그러나 더 이상 새들은 오지 않았다

오줌과 똥은 그의 발아래 썩어갔다 그도 하루하
루 야위어갔다

그의 몸에는 수십 개의 주삿바늘이 꽂혔다

입과 눈엔 벌레가 끼지 않도록 시멘트가 발라졌다

산림청에서는 그 모든 것을 숲의 기적이라고 불
렀다

어느 날인가 숲에서 벌거벗은 한 여자가 걸어 나
왔다

그 여자는 토끼와 노루를 앞세우고 누군가의 이
름을

애타게 불렀다 그 여자의 눈물이 홑씨처럼 바람에
날렸다

마을은 온통 그 여자의 눈물로 새로운 꽃들을 피

위올렸다

　산림청에서 나온 간부가 고개를 설레설레 흔들며

　또 한번의 숲의 기적이라고 말했다

　그 여자도 돌연변이종으로 분류되어 식물원에 갇

혔다

　사람들이 잠든 사이

　그 숲에서는 아이 하나가 나무와 새와 짐승들을

데리고

　산을 넘어가 버렸다

　잠이 깼을 때 숲은 사라지고 없었다 민둥산만

　무덤처럼 버려져 있었다

　산림청에서 나온 간부가 또 떠벌리기 시작했다

　오! 이거야말로 숲의 기적이다

목격자

아이의 동화책 속,
코끼리는 호박잎처럼 넓적한 귀를 벌럭거리며
미루나무 그늘 아래서 그물질하던 구릿빛 얼굴의
그에게 황급히 걸어간다
그는 코끼리가 다가와도 모르는 척
그늘 속에서 물고기를 낚고 있다
이때, 황금빛 투구를 쓴 말벌이 저공비행으로 날
아와
그와 코끼리 사이를 맴돌고 있다
꿀 항아리 같은 태양이 붉게 달아오른 봉고차 지
붕 위에서
펄쩍펄쩍 뛰어다니고 있다 그늘이 그를 비켜
샛강 쪽으로 기울자,
그물을 어깨에 두르고 구릿빛 얼굴의 그가
무심한 듯 코끼리를 바라본다
그러나 코끼리는 말벌을 피해 그 커다란 궁둥이를
뒤로 살며시 빼며
무어라 웅얼거리며 달아나고 있다

불량한 말벌의 시선이 언덕 쪽으로 향하자
그와 코끼리는 칠판에서 지워진 듯 사라지고 없다
텅 빈 유원지 봉고차 안에서 마지막 침을 쏜 벌처럼
아이가 시름시름 땀을 흘리며
잠겨진 차창의 문을 두드리고 있다
말벌이 하나, 낄낄거리며
유원지 아이 살해 사건의 유일한 목격자로 남는다.

설탕은 모든 것을 치료할 수 있다

우울한 날에는 당나귀처럼 설탕을 씹으세요
찬장을 뒤져서라도 설탕을 찾으세요
빠른 길은 동네 슈퍼에 가면 돼요
젖은 두루마리 화장지 같은 주인에게도 설탕을 권
하세요
보건청에서 나온 사람처럼 잔뜩 뒷짐을 지고
아! 하면 아! 하세요 그럼 희망을 넣어드리지요
하세요
시든 장미꽃에게도 설탕물을 주세요
썩은 이빨 사이에 설탕을 솜처럼 끼고 웃으세요
자 저를 따라 해보세요
설탕은 모든 것을 치료할 수 있다
간혹, 불행이 불행을 치료할 수 없듯
설탕은 설탕의 중독을 치료할 수 없답니다- 하는
이들이 있는데
꿀벌이 침도 가지고 있다고만 생각하세요
그것으로 인하여 퉁퉁 부르튼 날엔
또 설탕을 먹으세요

설탕이 없는 날엔 당나귀에게 조금 빌려보세요

당나귀 나라의 말로 정중하게 한 발 물러서서

먹다 남은 설탕 있습니까 아랫입술을 세차게 가로
로 저어보세요

장미꽃에 얼굴을 묻고 문을 두드리세요

슈퍼 주인에게 어제의 희망의 값을 지불해달라고
위협하세요

당신은 그 동네에서 가장 유쾌한 사람이 될 거예요

누군가 당신에게 설탕을 빌려달라면

이렇게 말하세요

설탕은 모든 것을 치료할 수 있답니다

그러나 설탕은 달콤 사르르하게 이내 녹아버리지요

수사 밖의 수사

13블록 유아 살해 사건도 발생했다 실로폰을 치면
맑은 비명이 튀어 올라오듯,

아이는 후미진 공터에서 그것도 폐타이어 속에서
죽은 채로 발견되었다 수사는
진행되었다
많은 말들이 오고 갔다, 결과에서 최초를 찾기란
어려웠다 말들은
최후의 만찬처럼 조용하면서도 웅장하게
거행되었다 그러나 식탁 아래 그들의 발은 각자 다
른 곳을 향하고 있었다
그것을 눈치챈 것은 오직 말하지 않는 아이의 부모
뿐이었다
시간은 빠른 속도로 아이의 죽음을 부패시켰다 수
사는
죽은 아이를 위해 그 어떤 것도 해줄 수 없었다 단
지 지독한 냄새 앞에
코를 적당히 삐뚤어 잡고 바바리코트 깃만 세울

뿐이었다

아이가 걸어간 하루 동안의 흔적을 되밟아 올라갔
다 그 흔적은

전날로부터 이어지고 있었으므로 수사는 뒷걸음
질 치고 있었다

뒤로 밟아간 길에는 짙은 안개와 여러 개의 강이
있었다 한 남자가

빠르게 그곳을 지나가고 있었다 그러나 그 누구도

안개의 기원과 강의 이름을 몰랐으므로 그곳에 들
어가 그 누군가를

미행하길 주저했다

그렇게 수사는 아이의 죽음을 현장과는 상관없는
곳에서

찾고 있었다 그러던 어느 날 아이의 신발이 그의
집 지붕 위에서

발견되었다

수사는 예측 불허의 가능성을 발표하였다

  ― 기와장수만이 유일하게 지붕으로 올라가는

법을 알고 있다 그는 몇 장의 기왓장과

　함께 신발이 있던 곳에서 사라졌다

　— 그때 달걀 장수는 은밀히 확성기의 볼륨을 줄였
다 아이의 으깨어진 둥근 머리통은 깨진 달걀을 닮
았다

　— 고물상은 무엇이든지 찌그러진 냄비처럼 지붕
위에 던져버린다 그 대가로 그의 손엔 항상 누런 금
니가 번쩍인다

　그러나 그것이 아이의 신발이 아니라는 것이 밝혀
지자 아이의 부모는

　모든 수사를 불신하기 시작하였다

　이젠 수사는 살해된 아이가 문제가 아니었다 그
무수한 말들을 종합하는 것이 더 큰

　문제가 되었다 말들의 가능성을 하나씩 지워가기
시작했다

　모든 것을 다 지우자 아주 또렷한 한 가지

　말만 남았다

　아이는 폐타이어 뒤에서 죽었다는 것이었다 수사

는 흡족했다

그들은 공터에 모여 담배를 한 대씩 나누어 피며 잔뜩 찌푸린

하늘을 쳐다보았다

그들은 결론을 내리기로 했다

　－ 아이는 확실히 죽었다

　－ 아이가 죽었으므로 유일한 증인은 사라졌다

　－ 우리들의 수사는 원점으로 돌아왔다 돌아오는 길에 아무것도 발견하지 못했으므로

범인은 수사 밖에 있다

　－ 수사 밖에 있는 것은 수사의 대상이 아니므로 유아 살해 사건은 이것으로 종료한다

그들이 구둣발로 비벼 끈 노란 담뱃불이

수사가 종료된 뒤에도 그 동네에서 사라지지 않고 혼자 타고 있었다

안개와 강 건너 한 남자가 그들의 담뱃불을 마지막으로 완전히 비벼 껐다

석유집 아이

아이는 흰 도화지 위에 1000리터 기름탱크를 그린
다. 두 개의 바퀴를 탱크 아래 그려 붙이고 왼쪽 모서
리로부터 길게 휘어져 들어오는 호스를 그린다. 탱크
윗선을 지우개로 지워 뚜껑을 그려 넣는다. 호스의
둥그런 몸통에 화살표를 그리고 석유라 쓴다.

검고 진득한 기름이 세차게 탱크 속으로 주입된다.
기름이 넘치기 전 탱크 하단에 유량계를 그려 넣는
다. 눈금이 콜록거리며 990리터까지 차오른다. 아이
는 탱크에 화살표를 하나 찔러 박고 만급이라 썼다.
다시 지우고 뚜껑에서 넘쳐 오르는 기름을 그려 넣는
다. 두 개의 바퀴 아래 흘러내린 기름을 흥건하게 그
린다.

아이의 연필은 황급히 왼쪽 여백에 한 사람의 인
부를 그려 넣는다. 담배를 한 손에 꼬나들고 도화지
밖으로 무어라 지껄이는 기름 깔때기 같은 입술을 그

린다. 그의 입술 위로 또 다른 화살표 하나를 쏘아붙인다. 작업 중 잡담금물이라 쓴다. 인부는 도화지 밖으로 떠들어대는 잡담을 그치지 않는다. 그것으로 아이의 그림은 끝이 난다.

2

아이는 잠이 든다. 그림 속 탱크의 기름은 계속 넘쳐흐르고 인부는 젓가락을 벌리듯 손가락의 담뱃불을 놓친다. 순식간에 탱크에 불이 붙고 화살표들이 녹아 흐른다. 아이가 뒤척일수록 불길은 거세게 일며 위쪽 여백으로 연기가 몽글몽글 빠져나간다.

3

아이가 화들짝 눈을 떴을 때, 불붙는 기름탱크를 인부가 오토바이에 매달고 도화지 밖으로 나가고 있다. 아이는 둥그런 원 속에 담배 한 개비를 그려 넣고 붉은 금지 사선을 걸어둔다. 도화지 밖으로 배달 나갔던 인부가 둥근 원 속으로 걸어 들어와 담배를 집어 피운다.

4

아이가 도화지를 덮고 상점을 나서자 거대한 불길이 지붕에서 일기 시작한다. 사선에 갇힌 인부의 비명소리가 활활 타오르며 상점 위로 빠져나간다. 아이가 그린 화살표 하나가 인부의 뒤통수에 꽂히며, 아.버.지라고 쓴다

원형 극장

그 남자는 무대 위에서 죽어버렸네

좁고 가파른 무대는 핀 조명만 내리비추고 있었네

관객들은 박수를 치고 주연은 어리둥절했네

연출가는 다음 대사를 주문했고, 주연은 방금 자신이

내리친 주먹을 다시 한 번 쳐다보네 그리고 점점 굳어가는

조연의 얼굴도 쳐다보네 거울 같은 동그란 조명 아래 그는

완전히 자신이 드러났네 주연은 기타를 집어 들고 노래를 하네

기타 줄 하나하나에 조연의 미소가 걸려 있네 그러나 연극은

계속되어야 하네 그렇게 연극은 한 남자의 시체를 썩게 만들었네

썩어가는 시체를 두고 한 남자는 기타를 치고 노래를 부르네 관객들은

무대 위에서 일어나는 일은 모두 연극인 줄 아네

허옇게 구더기가

죽은 남자의 입속에서 기어 나와도 그들은 놀란
박수만을 치네

연출가는 대본을 고치고 조명은 애도의 빛을 띠네
이젠 모든 것이

완벽해졌으므로 연극의 제목도 바뀌네 주연도 당
연히 바뀌네

죽은 자가 당당히 일어나야 하네 일어나 죽음의
이유에 대해서 간략한

설명과 함께 그를 죽도록 만든 남자를 이젠 그가
죽여야 하네

관객들은 그것을 애타게 바라고 있네 그러나 기적
이란

이 좁고 가파른 무대 위에서 가당찮은 일

관객들은 야유를 퍼붓고 성난 젊은이들은 기타를
빼앗아 들곤

주연의 머리통을 내리쳤네 그도 죽었네 이젠 연출
가가 무대 위에

오르고 부서진 기타를 치네 관객들은 하나둘씩 그 어둡고 습한

세월의 극장을 빠져나가네 오! 위대한 어릿광대들이 서로의 어깨를

밀치며 비장하게 집으로 돌아가는 버스를 기다리네 핀 조명처럼

밤하늘에 달이 하나 떠 있네

여름의 흐름

쪼개진 보시기 같은 수박 한쪽을 내 방에 밀어
넣고
민박집 아주머니는 대병 소주 한 병 들고 마실 가
신단다
공부하다 배고프면 먹으라고 친절한 말씀도 당부
하시고
나는 먼저 담배를 한 대 꼬나물고
읽던 책을 호사스럽게 집어 던지고 벌렁 드러누워
버렸다
불을 끌까 하다가 일어나기도 귀찮아서
그대로 두자니, 어디서 들어왔는지 모기 새끼가 윙
윙거리며
심사를 뒤틀어놓는다
허나 무엇이 부족하나 붉은 핏덩어리 같은 수박이
머리맡에 있겠다
피우다 죽어도 남을 담배가 다섯 갑이나 창틀에
있겠다
나는 이럴 때 기가 막힌 시나 한 줄 떠올랐으면

좋겠다고 머리를 베개에서 사전으로 옮겨보았다

그러나 그것도 잠시 수박이나 한입 베어 먹고 생각
하자고

벌떡 일어났다

그런데, 수박에 칼이 일직선으로 꽂혀 있는 게 아
닌가

방문을 열고 마당으로 나가보니

마실 간다던 주인아주머니는 농약 통을 등에 메고

펑펑 쏟아지는 눈을 맞고 대문을 들어서고 있었다

조금은 불안하고 다급해서 아주머니에게

물어보았다 마실 가신다고 수박 밀어 넣고 소주 들
고 나가시지 않으셨어요

아주머니는 농약 맞은 잡초처럼 갤갤해져

3일 전의 일을 뭣 하러 또 말한다요, 한다

나는 그 뒤로 내 방문을 꼭 잠그고 잔다 지금은 한
겨울인데

농약 통에 수박이라니

여름에 말라 죽은 모기가 천장에서 서서히 날개를

펴고

날기 시작한다

따뜻한 귤

사내는 두툼한 방한복에 얼굴을 묻고 졸고 있는
데,
툭 터진 시큼한 귤즙 같은 햇살이
사내의 앙상한 손가락을 핥고 있었다.
좌판의 귤들은 이곳이 북쪽의 어느 도시인지
알고나 있을까.
귤들은 추위에 제 몸을 둥글게 말고 말아
저렇듯 조용히 졸고 있는데,
그녀는 천 원어치의 귤을 사고 사내는 열 개의 귤
을 팔고
그들은 아무것도 모르는 청맹과니처럼 더운 입김만
서로를 피해 날릴 뿐이었다.
집에 오는 길에 여자는 비닐 속 귤들을 손으로 더
듬어보는데,
그때서야 혼곤하게 녹은 귤들이 서로들 떠들어대
고 있었다.
맞어, 우린 그때 너무 깊은 잠에 취해 식구들이
뿔뿔이 흩어진 것도 몰랐던 거야.

사내도 리어카를 끌고 집으로 돌아가며

맞어, 그때 나는 천 원을 받고 구천 원을 거슬러 줬
던 거야.

그렇게 쓸쓸하게 대문을 열고

식은 구들방에 뒹굴고 있는 식구들의 틈 속에서

따뜻한 남쪽의 착한 사람들을 생각하고 있는 건
아닐까.

겨울밤 여자는 귤껍질을 까듯 노란 전구를 켜다
끄다

주머니 속 구천 원을 헤아리며

사내와 가난한 어미의 젖가슴에 알알이 맺혀 있는

아이들의 싸늘한 허기에, 손이 시려오는 것이다.

그러곤

검은 비닐봉지같이 후줄근한

불 꺼진 이웃집의 창문을 하염없이 쳐다보기도 하
는 것이다

3부

감자 먹는 노인들

복덕방엔 감자 먹는 노인들이 있다.

크고 작은 집들이 산을 타고 헝클어져 있듯,

장기판의 알들이 제멋대로 헝클어져 있다.

반쯤 지워진 '축' 거울 속 난로 위의 주전자가 끓
는다.

펄펄 김을 쏟아내며 열심히 땀을 내고 있다.

이빨도 들어가지 않던 세월이 그새 푹 익어버렸다.
그래도

가끔 소금처럼 짠 기억들이 물을 들이켜게도 한다.

복덕방엔 감자 먹는 노인이 있다.

그들의 인생이 감자만큼 못생겼다고

아무도 말하지 않는다.

누런 갱지 같은 얼굴을 들면

어느새 벽 달력엔 삼수갑산 흰 눈이 그득한데, 맵
찬 바람만

문짝을 두드리다 언덕을 내려간다.

절벽 위의 노인들

대부분 마을의 노인들은 그 절벽으로 간다
가는 길은 여러 갈래지만 절벽은 항상 그곳에 있다
그 길은 혼자 가야 하는 길이다
아들이 노인을 배웅해서도 안 되고
손자가 같이 가겠다고 졸라서는 더욱 안 된다
노인들은 그날을 예감한다 늙는다는 것은 놓던 주
판알을 무릎으로
탁 치고 털어버리는 것이다, 그뿐이다
3일 전부터 마을의 노인들은 서로 일체 만나지도
수다스러운 전화질도 하지 않는다
곡기를 끊고 눈과 귀를 막아버린다 그것은 대부분
두려움을
떨치기 위함이다
이러한 모습을 보고 아들이 비웃어서는 안 된다
아들도 머지않아 혼자만의 길을 걸어 그 절벽에
가야 하기 때문이다
노인들은 각자의 길을 선택해 걸어간다 길을 걸으
면서

평생 알아왔던 이름들을 부른다 이름 뒤에는 꼭 이런 말을 주석처럼

달아야 한다

오! 이런 개나 물어갈 것들,

늙는다는 것은 버려진 사과와 같은 것이다 증오로 쭈글쭈글해지고 메마른 씨방 속에 베옷 같은 곰팡이나 피우는, 그뿐이다

정오를 지나 태양이 길 위에서 사라지기 전 노인들은

절벽에 모인다

하나둘씩 걸친 옷들을 벗어 던지고 알몸으로 절벽 위에 선다

노인들은 이쯤에서 기어이 한 번쯤 울고 만다

오! 이런 개나 물어갈 인생 같으니, 늙는다는 건 결과부터

거슬러 올라가는 일처럼 귀찮아지는 일이다, 그뿐이다

마지막 노인까지 모였을 때

태양은 절벽 위에 신호등처럼 걸려 있다 그리고 순
간 깜빡 꺼지는

　것이다

　이때 노인들은 절벽 밑으로 몸을 던진다

　깨진 허공에서 들려오는 저 바람 가르는 소리.

　태양에 다시 불이 들어오면

　아! 그들은 순간 날개를 옆구리에 달고

　새처럼 허공을 날아오른다

　늙는다는 건 저 생을 나기 위해 이 생의 잎들을 떨
어뜨리고

　구부정한 어깨춤에 자신도 모르는 날개를 하나씩
키우는 것이다. 그뿐이다

　그래서 나는 새를 보면 우리들은 이 생이 한갓 쓸
쓸한 휴양지

　같은 것이다.

가난한 날들의 밥상

당신 미쳤어요 남이 쓰다 버린 밥상은 왜 가지고
들어와요
여자는 신문지 위에다 밥을 차리며 쫑알거렸다
언제까지고 신문지 위에다 밥을 놓고 먹을 순 없잖아
밥상은 정말 낡고 색이 바래 있었다 그런 것 정도는
문제가 되지 않았지만 한쪽 다리가 심하게 부러져
있었다
제대로 서지도 못하는 밥상으로 도대체 뭘 하려
고요
여자는 밥주걱을 대신하여 수저로 밥을 퍼담고 있
었다
내가 한 손으로 이렇게 받치고 있지 그럼 되잖아
당신 정말 미쳤군요,
그들은 그렇게 밥을 먹기로 했다
여자가 먼저 밥을 먹고 그동안 남자는 밥상을 떠받
치고 있다
이번엔 여자가 밥상을 떠받치고 남자가 밥을 먹고
있다

정말 왜 이렇게 살아야 하죠

여자가 뎌받치던 밥상의 다리를 흔들자 남자의 국
그릇이

대신 울어준다

그런데 사실 이건 우리들의 가난과 하등 관계가 없
는 거라고

남자가 쏟아진 국물을 나뭇잎으로 쓱 훔치며 말
한다

힘들어요 어서 먹기나 해요

왜 밥상의 다리를 네 개로 만들었느냐 그것부터
의심을 해야 해

그럼 세 개 정도로 하면 되겠네요, 세 개도 많아

두 개나 한 개 정도로 만들 수도 있지 않겠어

아예 다리가 없는 밥상이면

더 괜찮겠고, 그렇담 바닥에서 먹는 밥과 무엇이
다르죠

여자가 자세를 고쳐 앉자 또다시 남자의 국그릇이
쏟아진다

남자는 국물을 훔치며 생각해 보았다
그래도 그렇지 어떻게 땅바닥에서 밥을 먹나
여자도 그건 그렇다고 끄덕였다
여자의 눈에서 별들이 흔들리고 있었다

주말여행

기차가 지나간 자리에
데일이 지나가네
주말은 즐겁고 데이트는 행복해
선로 보수원이 도시락을 까먹고
손을 흔들어준다네
남자가 살짝 여자의 가슴을 건드리고
붉게 웃는 코스모스 한들한들 수줍다네
남자가 화장실에서
핼쑥한 얼굴을 씻고, 멀미는 촌스럽다고
말하던 그녀도 화장실에서 나올 줄 모른다네
주말은 하여튼 즐겁고, 여행은 정신없이 목적지로
간다네
기차가 경적을 울려도
아이들은 돌멩이를 던지며 풀숲으로 사라지네
"어려운 시절 잘 먹고 잘 살아라"
창 너머 마을이
하나 지워지고 둘 지워지고
남자의 부푼 꿈도 지워지고 여자는 너무나 약골,

생각 없이 잠들었네
"제발 잠들지 말아욧 아님 코를 물어버릴 거야"
간이역도 없네
역무원도 보이질 않네

어디쯤일까

사람들은 함부로 갠 모포처럼
쓰러져 잠드네
어려운 시절 잘 먹고 잘 살지도 못하고
주말이 다 가네.

도토리

가을이 깊어가는 산에서 그들을 만났다
때 묻은 보통이 같은 얼굴의 그들은 땅속 깊이
굴을 파고 있었다
나는 짐짓 일 없다는 투로 말을 걸었다
이번 겨울은 무척 춥겠지요
그들은 각자 자기가 판 굴속에 몸을 묻고
얼굴을 밖으로 내밀고 있었다
그래도 콧구멍은 밖으로 내놓아야 하지요
그들이 말했다
나는 얼른
마른 낙엽을 끌어모아 그들을 덮어줬다
산이 이내 조용해지고
쌕쌕 코 고는 소리가 나지막이 들렸다
나무들이 언 하늘을 향해 주먹을 꼭 쥐곤
뿌리로 힘을 모으고 있었다
한참이나 지나서야
산에 눈이 내리기 시작했다
나는 가족들을 데리고 마지막 능선을

힘겹게 타넘고 있었다
우리도 어디쯤에선가 땅을 파고
몸을 묻어야만 했다
운이 좋다면 또 누군가 이곳을 지나가다가
우리를 마른 낙엽으로 덮어줄 것이다

장마 2

한 마을을 쓸고
강물은 나음 마을로 치달아 내려긴다
무섭게 몸이 불어 오르는 물의 고통을 사람들은
제 고통인 양 산 허리춤에 서서 발을 동동 구르다,
누군가 놀란 입으로 가리킨
강물 속에는 가난한 사람들이 떠내려가고 있었다
부러진 생나무를 하나씩 껴안은 채
뒤채는 물속에 잠겼다 한 번씩 나오곤 하였다
"우릴 걱정하지 말아요 차라리 잘된 일이지요"
그들은 손을 흔들어 산 허리춤의 사람들을 되레
안심시켜주는 것이었다
그리고 강바닥이 드러나는 날
빛나는 이마를 가진 돌들을 볼 수 있었다

유물

칼국수를 먹다가 칼이 나왔다 청동기 반달돌칼
같은
오래된 통 속이 국수 그릇 속에서 출토되었다
주인아줌마 이런 일이 가당키나 해요
아줌마는 창피한 듯 다산성의 젖가슴을 출렁이며
포장마차를 뛰쳐나가 버렸다
왜 지리는 거야
나는 빈 그릇 옆에 국도극장 영화표 두 장을
장땡의 화투패처럼 까뒤집어놓았다
주인아저씨가 등에 업은 아이를 쟁반처럼 내던지며
그 무딘 칼을 주워들고
아줌마의 뒤를 쫓아가고 있다

세상에는 발견되지 말아야 할 것들이 간혹 있다

칼국수에는 정말 칼이 있다.

도대체 사과는?

　사과 먹는 노인을 본 적이 있다 시큼한 과육을
　두 대손 듯 한쪽 깨물고 기즉 기파처럼 얼굴을 가
로로 닫아버린
　노인을 본 적이 있다 푸르고 탱탱한 사과가 노인
에게
　무슨 짓을 저질렀을까 노인은 두 눈에 눈물을 가
득 담고
　웃는 듯 우는 듯 주위를 둘러보고 있었다
　또 한쪽 과육을 베어 문 노인은 이젠 가볍게 사지
를 뒤틀며
　바짓가랑이 사이로 오줌을 질질 흘리고 있다
　주둥이에 신 단즙을 버캐처럼 물고 이따금
　들숨과 날숨을 놓쳐 컥컥거리고만 있다
　사과는 도대체 노인에게 무슨 짓을 한 것일까
　노란 가을 햇살 같은 아이들이 작대기로
　노인의 굳어가는 몸뚱이를 이리저리 찔러보고
있다
　드디어 노인의 그렁그렁한 눈 속에서

눈물의 검은 씨앗들이 뚝뚝 떨어지고 있다
그렇게,
탱글한 사과 하나가 칠십 년의
세월을 단숨에 거꾸러뜨리고 있었다
쓸쓸하고 고즈넉한 빈 공터엔 노인이 컵 속에
틀니처럼 이빨만 앙다물고 있을 뿐이었다.

사막을 건너는 낙타표 성냥

성냥갑 그림 속의 낙타는 초식동물이다
낙타는 아무리 배가 고파도 주인을 잡아먹지 않
는다
낙타와 단둘이 사막을 건너는 이들은 이 사실을
의심하지 않는다
그런데 주인은 오아시스를 만나지 못하면
낙타의 물혹을 잘라 갈증을 해소한다
물론 그 낙타는 죽는다 낙타는 이 사실을 의심하
지 않으므로
오아시스 있는 곳을 항상 정확하게 기억해둔다
만약 오아시스가 기억을 배반한다면
낙타는 그때부터 주인의 눈치를 본다 주인도 낙타
의 눈치를 본다
아주 지루하고 기나긴 사막의 길을 두 동행자는
사형수와 간수처럼 서로 의심하며 초조히 가는 것
이다
사막의 밤은 깊어가고 낙타가 잠든 사이
주인은 제집 담을 뛰어넘는 도둑처럼 낙타의 목을

내리친다

그때 낙타의 눈빛을 보았는가 촉촉이 젖은 마지막
희망의
오아시스가 신기루처럼 사라지는,
그것으로 모든 의심은 끝이 난다
사막에서 죽은 자들은 항상 낙타보다 몇 발 앞서
쫓긴 자처럼 쓰러져 있다
그때 낙타의 혹을 물통처럼 열고 주둥이를 들이밀
었던
죽은 자의 피범벅이 된 얼굴을 보았는가
자신의 물건을 훔쳐들고
막다른 제 집 광 속에 갇혀 불안에 떨고 있는 저
도둑의 손끝에서
마지막으로 타오르는 낙타표 성냥 한 갑을
당신은 본 적이 있었던가 그림 속의 낙타는 왜 항
상 혼자
오아시스에 도착하고 있는가.

이발소 그림

항구는 제 발바닥을 개처럼 핥고 있다 그곳에서
사내는 청춘의 한때를 미뤄냈나

높다란 마스트에 올라 바다가 밀려오고 나가는 날
들을
트랜지스터라디오에 주파수로 고정했다

깊고 질펀한 검은 장화의 날들이었다 아낙네의 치
마는 바람에
돛을 키웠다

한가한 골목마다 벌거벗은 아이들이 고무다라 속에
들어앉아 헤엄을 쳤다
용궁다방 찻잔들이 배달되고 사내는 더운 잔을 후
룩 들이켰다
제 손금의 마지막 잔금을 탈탈 털어 마셨다
귓전에서 거대한 파도가 부서졌다

비탈진 둔덕에

염소를 키우고 밤새 비린 생선의 배를 따며

둔치의 허연 가시 속에서 파랑주의보를 지도처럼
펼쳐 들고

그날 죽었던 친구와 영원히 이곳을 떠난 여자에게

양양전도한 뱃길을 열어주고 싶었다

아무도 전도하지 못한

부두의 교회당 목사는 방파제 끝에서 다시 돌아오
고 있었다 그 뒤로 허옇게

뒤집어진 눈깔로 바다는 맑은 하늘 아래서 제 몸
의 상처를

꿰매고 있었다

오늘도 사내는 마스트에 오른다 용서받지 못할

꿈을 꾸는 머리는 항상 다리를 따라가기 마련이
다고

배의 선수가 선미 쪽으로 뱅뱅 돌고 있었다 그 모

든 것들이 이곳에서는

주검처럼 평화로웠다

스핑크스

간수가 감옥에 들어가는 것은 죄 때문이 아니다
두건을 눌러쓴 죄수가 철창을 뛰어넘으면 간수가
그 대신 감방에 갇힌다
도망간 죄수가 붙들려오면
간수가 풀려나는 것도 아니다 이런 이유로
죄수는 두 발 뻗고 잠을 자도
간수는 등고선처럼 잔뜩 등을 구부리고
눈만 부빈다
눈알이 닳아 없어질 때까지 잠을 쫓는다 아침이면
다들
맹인이 되어 소리를 고래처럼 질러댄다 찰랑찰랑
열쇠를
제 귓구멍에 꽂듯 한 바퀴 찰칵 돌리면 게으른 죄
수들이
형광등 아래 거품처럼 쏟아져 나온다
저기 대머리 간수가
사막의 석양 아래 지팡이를 짚고 집으로 돌아간다

자전거 타는 여자뎐

자전거 타는 저 여자는 제 몸의 수평을 양손으로
부여잡고
삼천리도 구르지 못한 바퀴가 멈추면 자전거와
함께
운명을 달리하겠다고 잔뜩 비장한 포즈의 저 여
자는,
배추 이파리처럼 시들어가는 나날을 솎아내지도
못하고
까르르 한번 웃다 전봇대에 부딪힌 저 여자는 추
리닝
밖으로 엉덩짝 한 근 살짝 내비치곤 깨진 물컵처럼
영영 제 몸을 추스르지 못하고 있었지요
그러니 우리 이젠, 저 여자가 평생 잡던 걸레를 들고
삼천리표 상처 꼼꼼히 염하고 닦아줍시다
세상의 모든 자전거포의 남자들이 즐거워하는,
저 여자의 죽음은 뒤에서 손을 놓아버린 한 사내
에게
있었다고 이 유쾌한 주말 오후에

누구도 말하지 말고 알려고도 하지 맙시다.

동상

가죽 자켓을 입고 우산도 없이 비를 맞았다
구름이 걷히고 해변이 쨍쨍 내리쬐는 공원에서
그는 벌 받는 아이처럼 두 손을 앞으로 나란히 하
고 있다
가죽 자켓이 반으로 줄어든 것이다
그가 떨군 껑충한 그늘 아래 사람들은 도시락을
까먹고
풍선껌 같은 불량한 연애질을 한다
그는 가끔 충고라도 하고 싶은데 자켓이 몸에 꽉
끼어
눈앞이 흐릿해진다
밤에 공원 관리원에게 자켓을 벗겨줄 것을 부탁했
으나
관리원은 깨진 후래쉬 불처럼 어둠 속으로 달아나
버렸다
오늘도 비를 맞았다 우산도 없이
점점 줄어든 자켓이 목을 조르고
그의 얼굴은 누런 황동빛으로 부황이 났다

그에게 우산만 있었더라면

아님 그에게 가죽 자켓만 입히지 않았더라면

그의 때 낀 배꼽은 만인 앞에 드러나지 않았을 것
이다

간이 막사

그 집은 반쯤 지어졌다
나는 그 앞을 지나가면서 널빤지를 잇대어놓은
간이 막사를 본다
눈이 채 녹지 않은 골목으로 바람이 미끄러지고
있었다
널빤지 하나가 모로 쓰러지고
간이 막사 안이 휑하니 내비쳤다
붉은 내복을 입고 있는 중년의 사내 둘과 지금 막
꽃무늬 브라자를 입고 있던 그만한 나이의 여자가
나와 눈이 마주쳤다 나는 놀란 쥐처럼 당황했다
어떻게 그들은 부끄럼도 없이 한 막사 안에서 옷을
갈아입고 있었을까
바지를 입은 사내가 황급히 널빤지를 바로 세웠다
낄낄 웃는 소리가 곧이어 터져 나왔다
나는 골목을 빠져나오며
반쯤 짓다 만 그 집을 바라보았다
앙상한 콘크리트 골조만 흰 뼈처럼 드러난 그 집이
봄이 오자 교회가 되었다

나는 교회에 가면 항상 생각한다

어떻게 모두 다 죄인이라는 사람들이 부끄럼도
없이

서로의 등을 토닥여줄 수 있을까

그러나 이유는 간단했다

옷을 갈아입을 곳은 그곳밖에는 없기 때문이었다

여자의 일생

저 떡 파는 여자는 언제부터 떡을 팔았을까요
        좌판을 먼저 샀을까요 아님 떡은 먼저 만들고
        좌판을 사고 이제부터 떡을 팔아야지 했을까요

아침부터 떡을 파나요 내가 그 자리를 지나가면
        그때부터 떡을 파나요 그런데 저 떡 파는 여자는
        신기하게도 사람들이 오면 졸고 가버리면

    심심하게 머리만 긁적이는데 떡은 언제쯤이나 팔
까요
        혹시 단 한 번도 떡을 팔아보지 못해 자기가 떡
파는
        여자란 걸 잊어버린 것은 아닐까요. 저녁이면

    쓸쓸히 좌판을 거두고 전대 속 같은 비좁은 방 안
에 들어앉아,
        쉰 떡들에 묻혀 깜빡 자신의 시름을
        까먹고 쓰러져 잠이 들까요

떡을 많이 판 꿈을 꾸는 날은
　　새벽부터 떡을 많이 만들까요 아님 별일 없다
는 듯
　　　쑥떡 같은 얼굴에 분만 찍어 바를까요 그러면,

　내가 지금 먹고 있는 떡은 그 여자가 만들었을까요
　　떡 파는 여자한테 그 여자도 떡을 샀을까요
　　　아무려면 어때요 떡은 떡 파는 여자를 모르고

　떡 먹는 나도 모르는데 정말 아무려면 어때요
　　저 여자는 어느 때부턴가 그저 떡만 파는 여잔
데요

거지 꽃

거지 하나가, 정말 거지 같은 꽃 하나가 쓰레기통
에 버려져

있는데 아무도 쳐다보지 않고 거지 여자 하나가
슬쩍 게걸음으로

다가와 꽃을 들었네 순간 눈이 쏟아져 내리고 그
것을

쳐다보기 위해 얼굴을 창밖으로 향했던 내 마음이

꽃을 든 거지 사내를 보았던 기억이 있네 그날 누
구를 기다리는

것이었을까, 어디서 온 것일까 저 수천의 눈발들은
어디로

가는 걸까 가슴에 꽃을 꼭 안고 여자가 지하도로

숨듯 사라지네 나는 분명 그 사내가 버린 꽃이 저
거지 여자가

들고 간 꽃이라곤 생각하지 않네 그러나 지금 내
눈 속으로

눈발들은 들이치고 차창 밖 윈도 브러시가 양팔을
모았다 펴며

시간의 먼 길들을 지워버리네 꽃이 있던 자리에
이젠 눈이 그득히 쌓이고 있네 나는 두 사람이 언
젠가
그 지워진 시간의 길 위에서 만날 것이라 생각하네
꼭 그럴 것이라고 눈발들이 지하도 속으로 아득히
떨어지고 있네.

4부

집으로 가는 길

한 발이 땅을 딛고 걸을 때 다른 발은 허공을 걷
는다

반가운 손이 당신의 한 손을 움켜쥘 때 다른 손은
쑥스러운 듯

바지 주머니로 파고든다 왜냐고 물어보면 고개는
갸웃해지고

심장은 풀무처럼 부풀어 오른다 붉은 핏덩이들이
온몸을 돌아

발끝에 닿을 쯤 허공에 있던 발은 땅을 딛고 쑥스
러웠던 손은

콧잔등을 문지른다 번지르한 콧잔등 위로 해가 떨
어진다 달이

불쑥 숙인 귀 뒤편에서 솟아오른다 밤길을 갈 땐
시선은 되도록

마음을 향한다 낮 동안 재처럼 식은 집을 향한다
목조다리가 있고

개울은 어디서부터 구겨져 흐르고 있다 자전거가
한 번도 지나가지

않은 숲길에는 바퀴살의 환영이 혼자 즐거운 듯
굴러간다 아무

비린 공기의 주머니가 툭툭 터지고 있다 숲이 거대
한 아가리처럼

이따금 신음을 뱉고 있다 신음 소리를 검은 머리
타래처럼 뭉쳐

바람은 나무와 나무 사이 발과 발 사이 부풀어 오
른 심장 속을 메꾼다

굴러가던 바퀴살이 내 앞에서 떡 멈추어 선다 보
여줄까 비굴하게

웃지 말고 봐 자막처럼 빠르게 지나가는 얼굴들이
보인다

웃고 울던 얼굴들은 이내 쭈그러들고 한 다발로 쭉
꿰인

생선 다발처럼 수직으로 늘어선다

골라봐 생선의 아가미들이 일제히 수다를 떤다

등잔 같은 집에서 냄비가 날개를 달고 날아오고
있다

뚜껑을 들썩이며 김을 퍽퍽 빨아 뿜는다

나는 그중 한 마리의 생선을 골라 힘껏 집어던진다
뻘겋게 끓어오르는

냄비 속에서 찌개가 끓고 있다 나는 견디지 못하
고 자전거에 올라탄다

두 발이 동시에 허공을 밟고 촛불처럼 타오르는
저녁의 집으로 간다

핸들에서 두 손을 떼고 나의 공복이 행복한 식탁
위에 앉아 있다

무수한 나의 얼굴들이 나뭇잎처럼 숲속에 오래 뒹
굴고 있다

태양을 교정하는 사내

　　그는 하늘을 향해 두 팔을 벌려 소리친다

　　15도 왼편으로 아니 두 번째 자네를 기준으로 왼
편 말이야!

　　구름 위에서 구릿빛 근육의 사내들이 분주하게 움
직인다

　　그들은 하얀 이빨을 불량하게 내보이곤 지상을
향해

　　퉤! 침을 내뱉는다, 침을 뱉지 마! 거리가 더러워
지니까

　　그는 다시 의자에 앉아 신문을 읽는다 읽던 신문
을 내려놓고

　　자신의 그림자를 쳐다보며 황급히 일어나 소리
친다

　　뭣들 하는 거야! 조금 더 올려야 해 내 그림자가 너
무 크다고

　　구름 위의 사내들이 으쌰 밧줄을 잡아당긴다

　　그의 그림자가 점점 작아지고 뒤편으로 사라진다,
그가 소리친다

너무 빨라 내 그림자가 사라져버렸다고 다시 줄을 풀어

투덜거리며 한 사내가 욕설을 내뱉는다

젠장 그럼 당신이 이곳에서 한번 해보쇼!

그는 노련하게 빼어든 연필을 느긋하게 한쪽 귀에 꽂는다

다시 제자리로 돌아온 그림자를 순한 강아지처럼 의자 밑에 두고

신문을 읽는다 신문에서 오자를 잡아내곤 혀를 찬다

그의 피부는 까만 활자와 같다 그의 얼굴은 구겨진 신문처럼

거칠게 주름져 있다 그가 다시 일어난다 사내들도 일어난다

이번에 오른쪽으로 조금 내려야 할 것 같아 꽃집 창문으로

붉은 석양이 비쳐야 해. 왜죠? 사내들이 일제히 소나기처럼 말을 퍼붓는다

오늘은 꽃집 여자의 병든 아들이 죽는 날이거든
사내들은 마지막 남은 붉은 태양의 미개를 열어
꽃집 위로 쏟는다
그는 꽃집 유리창에 비친 노을을 바라보다
다시 신문을 읽는다 사회면까지 꼼꼼히 훑고 그는
일어난다
오늘은 그만들 하지
이걸 어디다 보관할까요? 수족관집 뒤편으로 집어
넣자고
그리고 밤이 온다 그림자도 사라지고
어둔 하늘에 별이 뜨고 사내들은
구름 위에서 내려와 빈 도시락통을 들고 집으로
돌아간다
그도 의자에서 일어나 꽃집으로 들어간다
여자가 장미꽃 같은 불을 켜고 그는 종일 빌렸던
의자를
여자에게 공손하게 돌려주며 무슨 말인가를 오랫
동안 주고받는다

그러곤 어둔 골목으로 걸어 들어간다

사라진 그의 그림자가 전봇대 외등 아래서 기다
렸다

오래전 불에 노랗게 타버린 그의 두 눈의 길잡이
가 되어준다

그 조용한 집

그 낡고 조용한 집이

불에 탔을 때 우린 공터에 모여 웅성거릴 뿐이었지

마치 거대한 구름이 피어나듯 불길이 어둠 속에서 붉은

꽃망울을 터뜨리는 소리에 우린 잠시 귀도 멀었었지

아니 눈이 먼저 멀었을 거야 그런데 말이야 그 불길 속에서

사내는 알몸으로 터벅터벅 걸어 나왔던 거야 우리들은 환호성을 지르며

박수를 쳐댔고 사내는 그저 놀란 듯 주변을 두리번거리다

이런 말을 했었지

— 이젠 이 불이 꺼지면 겨울이 오겠지요 — 친구들은 하나둘

고동색 스웨터를 벗어 던지고

놀랍게도 수천의 새떼가 되어 내 눈앞에서 날아올라

그 불 속으로 뛰어들었던 거야 이내 불이 사그라

들고

   나는 빈 공터에 그렇게 혼자 남았던 것 같은데

   사내는 내 손을 꼭 붙잡고 그 동네를 빠져나가고
있었지

   어디로 가는 거죠

   나는 사내가 들고 있는 새장 속을 들여다보며

   은근히 따뜻한 겨울을 바랐던 것 같은데

   사내는 나를 데리고

   영원한 겨울의 숲으로 사라져갔던 거야

   그리고 나는 날마다 사내와 함께

   앙상한 나뭇가지 위에 빈 새장을 걸어두고 있었
는데

   사나흘 불티처럼 눈이 내리면

   새의 흰 뼈들이 숲의 허공에서 떨어졌던 거야

   봄이 오면 새싹이 돋듯 새장 속에 새들이 날아
들고

   나는 그리운 친구들을 다시 볼 수 있을까

   사내는 조용히 웃고만 있었지

이미 그 시내는 새들이 이버기였거나 그 난고 조용
한 집은
　거대한 새장이 아니었을까

성당 첨탑 너머

선풍기가 한 대 날아가고 있다 공기를 꽈리처럼
비틀며
장독대 위로 날아가고 있다 줄지어 선 항아리들이
나도 나도
날아가고 싶다고 커다란 주둥이를 오물거린다 간
장이 쏟아지고
된장을 묵은 변처럼 내쏟아 놓는다 그 아래 빨랫
줄의 빨래들이
긴 팔을 퍼덕거리며 날아오르고 있다 선풍기가 한
대 마을 위로
날아가고 있다 그 뒤로 항아리들이 날아가고 있고
빨래들이
날아가고 있다 길게 늘어선 가로수들이 산발한 머
리를 내젓는다
이건 어느 그림 속의 풍경이야 놀란 송아지가 어미
의 젖을
물어뜯고 오리들이 개울 속에 머리를 박는다 선풍
기가 한 대

날아가고 있다 이젠 빨래들이 항아리를 머리에 이
고 날아가고 있다

가로수가 머리를 휘날리며 송아지의 뿔을 잡고 날
아가고 있다

오리들이 송아지의 꼬리를 물고 날아가고 있다 달
리던 자전거가

느닷없이 날아오르고 경운기가 날아오르고 있다
사내가 던진

투망이 날아오르고 있다 투망 속의 물고기들이 신
이 나서

날아가고 있다 오던 저녁이 날아가고 있고 마을의
모든 불들이

일제히 밤하늘로 날아가고 있다 사람만이 날지 못
하고 있다

날지 못해 뛰고 있다 하얀 배경 속에 검은 개미
같은

사람들이 줄지어서 달려가고 달려가고 있다

선풍기 한 대가 끌고 간 그 여름 성당 첨탑의 십

자가를

쫓고 있다

독신남

TV 속의 여자가 옷을 벗다 말고 화면 밖의 나에게
TV를 서줄 깃을 요구한다
밥통에 밥이 다 되었으므로 그동안 TV를 끄고
저녁을
먹기로 했다
밥을 먹고 나서 한참 동안 나는 그녀가 다시
무슨 말인가 해줄 것을 기다렸다
화면은 먹지처럼 어두웠고 소식은 없었다
나는 기다리지 못하고 TV를 켰다
그녀는 사라지고 없었다, 웬 노인이 화면 귀퉁이에
서부터 걸어와
나에게 길을 물었다
화면 밖에서 나는 친절하게 길을 가르쳐주었다
노인도 화면 속에서 이내 사라져버리고 말았다
길고 지루한 선전이 계속되었다
나는 식탁 위의 그릇들을 치우며 다시는 그들의
말을 들어주지 않기로 했다
마지막 그릇을 찬장에 넣을 쯤

사라진 노인과 여자가 부엌문을 열고 들어왔다

"어떤 사내를 TV 속에서 보았는데 그가 일주일째 사라져버렸어요"

나는 여자에게 내가 여기 있다고 말했으나

그들은 전혀 못 들은 듯 안방으로 들어가 버렸다

다음 주 이 시간에, 굵은 자막이 화면을 지퍼처럼 닫으며 지나갔다.

도망가라 메기야

메기의 납작한 대가리 속에 겁 많은 쥐가 산다고
서의

　　비굴한 이빨 속에 독하게 살겠다고 물에 오른
쏘가리가

　　　　산다고 쏘가리의 툭 튀어나온 눈깔 속에
부리가 백목처럼

부러진 새가 산다고 새장 속에 새를 가두고

　　파랑새라 흐느끼는 늙은 여우가 산다고 그 울
음소리가

　　　　회오리바람처럼 일어나 양곱창 같은 쭈글
쭈글한 두 귀를 만들고

그 속에 타이프라이터처럼 콕콕 밟고 지나가는

　　발 큰 도마뱀이 산다고 그놈의 잘린 꼬랑지를
들고

　　　　웃고 있는 아이의 입속에 최초의 원시인들
이 산다고 생각하면

    그러면, 젖은 동굴 같은 방에 불이 켜질까 이 깜깜
한 허공 위에
        밧줄이 하나 내걸릴까 썩은 동아줄을 메기
의 수염처럼 잡고 있는
            내 비명이 어디쯤에 가서 배가 터진 채

    허옇게 내장을 쏟고 그들을 다 풀어놓을까
        켜진 횃불을 들고 최초의 원시인이 메기를
잡고 있다

    도망가라 메기야!

천국

쨍쨍 오후의 역사에서
　　2시발 기차가 내 눈 속으로 들이오는데
　　　어쩌나, 저기 미친 여자들이 붉은 목단치마
폭을 휘두르며
　　　　쳐들어온다

　　놀란 발들이 말처럼 뛰어다니고 높이 올랐다 허공
에서 아득히
　　　떨어지는 얼굴들 여자들이 냉큼 주워 먹는다
　　　툭툭 이빨처럼 부러지는 비명 소리

　　들린다
　　승강장마다 귓구멍을 바늘귀처럼 열고 다니던
사람들
　　　쓰러져 서로의 귀를 짓뜯으며 잠꼬대 같은 소
리 하고 있다
　　　　저 기차는 특급행 기차 칙. 칙. 폭. 폭. 타야

하는데, 블록 위에 발이 붙어버렸나 두 손은 의자
에 붙어버렸나
　　아이를 껴안은 듯 미친 여자가
　　　통째로 내 몸을 가슴에 품고 있다

머리를 풀어헤치곤 새까만 젖을 물컹 내 주둥이에
물려준다
　　아니다
　　　도리질 쳐도 2시발 기차는
　　　　아가야! 달콤하지 달콤하지
　　　　승강장을 빠져나간다

쏜살같이 내달린다
　　그 아래 재갈을 물린 붉은 자갈들이 아무 일
　　　　　없다는 듯 철로에 누워 죽자고 자고 있다
이제 미친 여자는
　　　　　나를 휙 던져버리고
　　역사를 빠져나가고 있다 가방도 없이 신발도 신지

않고

구겨진 자료들을 빌아래 두북이 내년시비 섬묘원의

가위 속으로 미친 여자들의 머릿단이 싹둑 잘
려져 간다

텅 빈 오후 2시발 기차가 낮은 굴속으로 들어가고
나오지 않는다 쌕쌕 아기 아기 잘도 잔다

굴뚝 위에

두 남자가 굴뚝 위에 서 있다
바람 부는데 두 남자가 굴뚝 위에 서 있다
붉은 석양이 돛폭을 휘감아오는데 두 남자가
굴뚝 위에 서 있다
굴뚝새가 어깨 위에 내려앉아도 두 남자가
굴뚝 위에 서 있다
두 눈을 콕콕 쪼아대도 두 남자가 굴뚝 위에 서 있다
오후 5시가 활활 타올라도 숯검뎅이 같은 두 남자가
굴뚝 위에 서 있다
촛농 같은 문드러진 얼굴로 굴뚝 위에 두 남자가
말없이, 서로를 바라보며 서 있다
저녁 8시에도 서 있고 보름달이 징처럼 울고 가는 밤
12시에도 두 남자가 굴뚝 위에 서 있다
한 남자가 굴뚝 위에 또 다른 남자를 보며
악수도 없이 목례도 없이 두 남자가
굴뚝 위에 서 있다
탄재 같은 입김을 내뿜으며 두 남자가
굴뚝 위에 서 있다

하루가 가고 시계 속에 시간이 달려가고
퇴근 버스 창문 위로 성에꽃이 탐스럽게 피어도
두 남자가 굴뚝 위에 서 있다
나는 고개를 꺾어 들고 바로 그 순간 한 남자가
방패연처럼 팽하니 고꾸라지고 있다
그 높은 데서 비명도 없이
떨어지고 있다 내 그림자 뒤로 내 꺾인 머리가 숨고
태양이 먹장구름 뒤에 숨고 어둡고
검은 순간에 눈발이 날린다
굴뚝 위에 한 남자가 서 있다
꽁꽁 얼어 터진 발가락으로 둥그런 굴뚝의
경계를 딛고
한 남자가 굴뚝 위에 서 있다 이젠 누구도
굴뚝 위에 오르지 않는데
하늘에 꾹 머리를 박고
지상의 성기 같은 굴뚝 위에 한 남자가 서 있다
텅 빈 눈 속엔 고드름이 맺히는데 한 남자가
굴뚝 위에 서 있다

버스 안의 사람들은 제 무릎 속에 얼굴을 묻고
집으로 간다 한 남자가 굴뚝 위에 서 있었다.

공원의 묘지

긴 벤치는 모로 누워 있다 그는 벤치의 허리에
엉덩이를 걸치고 조심스레 앉아 있다
두 손을 바지선에 단정히 모으고 두 귀는
옛 포플러 나무들의 노래를 듣는다
— 저녁이 오네 푸른 피리를 불며 눈먼 장님 저녁
의 사내가 오네
바람은 강아지처럼 길을 달려간다네 마을은 밥을
짓고 새들은
풀숲에 고단한 부리를 묻네—
그는 오랫동안 저녁의 노래를 들었다
물론 저녁의 사내도 본 적이 있다
사내와 눈인사를 나누던 날을 그는 기억하고 있다
길고 두터운 가죽 장화에 검은 망토를 둘러 입은
그가 피리를 불고 지나간 자리마다
달맞이꽃들은 붉은 뺨을 비비며 고개를 들었다
저녁의 사내는 그의 귓속에 속삭였다
— 젊은 날은 누구나 외롭다네 하지만 그대는
푸른 등잔을 내어건 마을로 돌아가야 하리

그곳에 사람의 집을 짓고, 그대도 나를 위해 등잔
에 기름을 부어야 하리

　그리하여 먼 훗날엔 알리라 밤은 끝이 없고

　삶은 깊은 잠의 꿈이란 걸 −

　사내의 눈은 저수지의 안개처럼 깊게 일렁이고
있었다

　그는 그날의 기억을 더듬어보며

　바지선에 곱게 모은 두 손을 꼭 쥐어본다 그러곤

　알 수 없는 말을 되뇌어보는 것이다

　어서 오라 나는 그대를 이토록 기다린다

　십 년이 세 번 흐르도록 그대는 한 번 지나간 자리
로 다시 오지 않는구나

　이젠 등잔에 내 몫의 기름을 다 부었으니, 마을이
세월 속에 사라지듯

　덧없던 꿈도 나의 몸을 떠났다

　그는 조용히 벤치에서 일어난다

　검은 망토와 길고 두터운 장화를 신고

　푸른 공기로 가득 비워져 있는 저녁의 대지 속으

로 걸어 들어간다

그가 사라진 벤치 위로

하늘엔 수많은 등잔들이 빛나고 있었다

겨울의 동화童話

그때 눈이 내리고 있었다
자전거가 한 대 바삐 지나가고
집집마다 푸른 등잔을 내어 걸고 있었다
눈은 더 깊이 무겁게 우리들의 가슴에 쌓였다
멀리 사이렌 울음이 길게 울렸다 그쳤다
잠을 뒤척이는 누군가의 꿈속에서
너는 성냥을 파는 소녀가 되었다
곱은 손을 호호 불며 너는 자전거가 지나간 자리를
걸어가고 있었다 불빛들이 모두 꺼져가고 있었다
그때, 우리들은 하루 치의 꿈을 시장에 내다 팔고
술에 취해 너의 반대편으로 걸어가고 있었다
텅 빈 주머니 속에는 너에게 던져줄 동전도 없었다
마지막 겨울은 너와 함께 마을을 떠나고 있었다

아름다운 청춘

　토끼가 달린다 엎어지고 미끄러지면서 나는 집요
히게 눈 속을 떠라긴다 토끼가 지빈가을 꽃 속으로
숨고 어느덧 세 명의 친구들이 내 곁에 서 있다 꽃 속
에서 토끼를 어떻게 불러오지? 그중 제일 키 큰 친구
가 젖은 신발을 털며 말했다 그건 그리 간단한 문제
가 아니야라고 나는 그 친구에게 집으로 돌아갈 것
을 부탁했다 저 꽃이 토끼가 숨은 꽃이 맞긴 맞아?
두 번째 친구는 머리통이 작고 수염이 얇은 입술 주
위로만 모여 있었다 너는 문제의 본질을 호도하고 있
어 그만 집으로 가! 나는 그의 코털 끝에 매달린 고
드름을 보며 내뱉었다 그러자 그는 허공에 삿대질을
하며 무어라 지껄여댔다 나는 그를 외면하고 세 번째
친구를 향해 눈에 힘을 주었다 그 친구는 말했다 차
라리 토끼를 시장에서 사 오자 나는 털목도리를 얼
굴에 둘둘 감고 저녁 햇발처럼 쓸쓸히 집으로 돌아
왔다 눈이 그치고 세 친구는 산에서 돌아오지 않았
다 봄이 오고 꽃이 피었다 학교 가는 길에 풀숲에서
그날의 토끼가 튀어나왔다 그 뒤로 세 친구가 몰라보

게 자란 모습으로 아직도 토끼를 뒤쫓고 있었다

그 후로 줄곧 나는 혼자였다.

연못

연못에는 내가 들어가지 못한 숲이 있다

물푸레나무의 젖은 머리결 속으로 은빛 잉어 한 마리 길을 간다

하늘과 새와 이름 모를 꽃들이 툭 툭 잉어의 지느러미에 깨어난다

비로소 세계가 몸을 튼다 틀어진 길의 끝에서

바람이 분다 숲이 숲으로 겹쳐진다

수면의 주름이 연못의 시간을 밀고 내 발끝까지 찰랑댄다

감당할 수 없는 주름의 시간이여 나에게도 삶은

이렇게 밀려왔었다, 밀려간다

온몸으로 우는 것은 누군가 내 속에 길을 가고 있기 때문이다

풍금처럼 가볍게 밟아도 일어서고 쓰러지는 것은

또렷하게 아픈 것이다 연못엔

내가 들어가지 못한 숲이 있다 그곳엔 은빛 잉어 한 마리

푸르고 깊은 상처를 내며 길을 간다

비로소 세상이 몸을 튼다
언젠가 숲에 들지 못한 날들이 단단한 돌멩이 되어
연못 속으로 던져진다
간절한 것들이 그리운 것들로 되기까지
나는 연못 위를 서성였다

흑백사진

그가 문을 열었을 때
새들은
슬퍼하지 않고 울지 않고 노래하지 않고
석양 쪽으로 날아가고 있었지

붉게 꽃핀 담장 너머
멀리 공장의 굴뚝 다섯, 하늘을 이고 있었네
그는 손을 들어
잘린 손가락을 들여다보네
짧게 잘린 마디는 마치 촛농으로 덮어씌운 듯했지
상처만이 고통을 기억하고 있네
더 이상 그는 눈물을 흘리지 않고도
남아 있는 손가락을 천천히 세어보네
사진 속 친구들의 얼굴도 들여다보네
붉은 철근 더미 위에 앉아
한순간 웃던 얼굴들이 사진 속에서 영원히 웃고
있네
또한 영원히 울고도 있네

눈을 들었을 때
키 큰 순서부터 공장의 굴뚝들은
어둠에 허리를 잘리우고 있었지
이제 그는 창문을 닫네
주머니에 한 손을 찔러 넣고
빈 새장 속으로 걸어들어가보네
누군가 와서
그를 잊지 않았다고
모이를 주고 물을 주면,
슬퍼하지 않고 울지 않고 노래하지 않고
석양의 집으로 날아갈 수 있을 텐데.

부리를 다친 새처럼 그는
가슴에 얼굴을 묻네
문은 밖으로 잠겨 있네.

에버그린 꽃집

그 집으로 가는 길에 에버그린 꽃집
꽃집에서 꽃은 사고
만개할 우리들의 사랑도 사고
복개천에 떨어진 달빛
한 움큼 줍고
랄라 노래도 불렀다
주유소를 지나 그 집 앞에 다다랐을 때
저 멋진 자가용도 필요 없어
그대는 소리도 없이 연기도 뿜지 않고
나에게 오겠지
그대에게 안겨줘야 할 말들과 꽃들이
사금파리 같은 달빛 한 움큼이
어서 시들기 전에
나에게 오겠지

오늘도 그 집으로 가는 길에
마음의 슬픔을 다 알아버리도록
세월이 수없이 지나간 내 얼굴

그대는 기다림이
아주 먼 곳에서부터
조금씩 설레며 그대의 집 앞에 다다랐음을 몰라
대문을 열면
꽃도 달빛도 아닌
그대와 내가 시들어감을
열리지 않는 그대의 문은 몰라.

시, 부조리의 무대에 서다

김양헌 문학평론가

무대는 마을에서 가장 높은 언덕에 있다. 이름도 거창하게 「올림푸스 세탁소」, 세상의 더러움을 씻고 만물의 상처를 깁는 곳. 하지만 이름에 비해, 그 몰골은 보잘것없다. 허물어지는 벽을 겨우 떠받친 나무 기둥 몇 개와 한 줌 바람에도 녹슨 못이 으스러지는 함석지붕, 낡은 브라더 미싱과 꾸부정한 바지랑대. 덜덜덜 재봉틀 돌아가는 소리에 젖은 빨래가 펄럭인다. 주인 사내는 나날이 덧나는 지붕의 상처에다 못을 박고, 그의 아내는 "때 묻은 옷더미 속에서 바늘대로 꼿꼿이 말라"간다. 이 무대에 다른 상황은 없다. 저녁이 되어 사내가 내려오면 "여자는 하루종일 바람을 맞은/그의 구겨진 마음을 다림질"하고, 날이 밝으면 사내는 다시 망치를 들고 시시포스처럼 지붕으로 올라간다. 현실에서 지붕 고치기는 하루 만에 끝날 일이겠지만, 다음날 무대가 열리면 같은 장면이 연출되듯 현재시제는 이 일을 영원히 되풀이되는 연극처럼 만든다.

세탁소와 망치라는 어울리지 않는 두 사물은 낯설고도 선명한 풍경을 빚어낸다. 주인장은 미싱을 밟는 대신, 올림푸스의 지붕에 오른다. 재봉틀은 인간의 현실이지만 올림푸스는 신의 처소다. 현대 사회의 일상과 동떨어진 자리에서 주인공이 벌이는 이 현실성 없는 행위는 동화의 한 대목처럼 천진스럽다. "코끼리 궁둥이만 한 느린 구름장이"흐를 때, "누룽지 같은 곰보" 여자가 마을 가장 높은 곳에다 빨래를 널고, 사내는 온종이 지붕에서 탕,탕,탕 망치질을 하는 동화의 나라. 망치는 경쾌한 리듬과 맑은 이미지를 뿜으며 시상의 흐름을 이끌어간다. "바짓단을 줄인 듯 껑충"하게 드러난 직유는 "흰 빨래처럼 펄럭"이고 활개 치며 부지런한 망치를 도운다. 직유는 곰보조차 구수한 "누룽지"로 바꾸면서 "구겨진 마음"을 서로 다독이는 따뜻한 사랑이 놓인 자리를 마련한다.

물론 우리는 배후에 깔린 가난을 들추고 안타까운 마음 한 자락 보탤 수도 있다. 현실을 생각하면, "때묻은 옷더미 속에서" 뒹군 곰보 여자의 일생과 두 손이 "붉게 달아오"르도록 노동에 시달리는 사내의 삶은 안쓰럽기 짝이 없다. 마을 가장 높은 곳에 세탁소를 차릴 수밖에 없는, 그마저 함석지붕이 너덜너덜

바람에 날리는 절대 궁핍. 가난은 인간의 실존이 단지 견디는 일에 지나지 않음을 이들 가슴에 아프게 새겼으리라. 그러니 사내의 망치질은 "구겨진 마음"에서 터져 나오는 격렬한 비명에 가까울 터. 이렇게 각도를 달리해서 읽으면, 꼿꼿하게 빛나던 직유는 어두운 삶의 무게에 짓눌려 일그러지고 만다. 곰보 얼굴에 "누룽지"같이 덕지덕지 눌어붙은 가난은 "종일 천둥처럼 망치를 내려"쳐도 떨어지지 않는다. "코끼리 궁둥이만 한" 어둠이 일상을 뒤덮고 "저녁 안개가 흰 빨래처럼 펄럭"여, 삶은 오리무중 나아질 기미가 없으니 망치 소리는 실존의 신음처럼 퍼져나간다.

「가난한 날들의 밥상」도 가난을 제재로 삼고 있다. "신문지 위에다 밥을 차려" 먹던 가난한 부부는 어느 날 "한쪽 다리가 심하게 부러"져 "제대로 서지도 못하는 밥상"을 주위와 교대로 상다리를 떠받치며 밥을 먹는다. 이 막막한 설움을 화자는 "여자의 눈에서 별들이 흔들리고 있었다"고 담담하게 묘사한다. 「여자의 일생」에 등장하는 "떡 파는 여자"의 삶은 더 기구하다. "전대 속 같은 비좁은 방 안에 들어앉아,/쉰 떡들에 묻혀 깜박 자신의 시름을/까먹고 쓰러져 잠이"드는 여자의 한심한 운명을 짐작하기는 어렵지 않다. 최치언의 시에는 이렇게 "널빤지를 잇대어놓은/

간이 막사"(「간이 막사」) 같은 곳에서 살아가는 가
난한 사람들이 "부러진 생나무를 하나씩 껴안은 채"
(「장마 2」) 세월의 강물에 떠밀리는 장면이 곳곳에
나온다. 가난이 제재가 아니더라도 "외롭고 배고픈
시절"(「동거」)의 "잘 익은 허기 한 근"(「화장터」)은 최
치언의 시 어느 구석에나 도사리고 있다.

　　그런데 이상하게도, 가난은 그다지 가난해 보이지
않는다. 「가난한 날들의 밥상」은 별로 서럽지 않다.
여자는 밥을 차리며 쫑알거리기도 하고 "정말 왜 이
렇게 살아야 하죠" 한탄하지만, 두 인물이 주고받는
말과 행동으로 작품 전체는 오히려 활기찬 느낌을 준
다. 질질 짜는 감상 같은 건 없다. 이리 가난하지만 희
망을 품고 끈질기게 살아야 한다는 교훈도 물론 없
다. 화자/주인공은 서글픈 심사를 "왜 밥상의 다리
를 네 개로 만들었느냐"는 엉뚱한 "의심"으로 돌려놓
는다. 눈물은 국그릇이 대신한다. 그렇게 장면만 남
고 감정은 증발한 채 무대는 막을 내린다. 떡 파는 여
자의 시름 또한 꿈속까지 따라붙지만, 그럼에도 화자
는 짐짓 딴청을 부리거나 시상의 초점을 흐려놓는다.
「여자의 일생」은 결코 여자 편을 들지 않는다. 떡을
사 먹는 '나'는 여자의 생존 방식에 연민을 느끼지도
않고, 그녀의 내면을 캐내고 존재의 심연을 보여줌으

로써 일체감을 얻으려는 시도도 하지 않는다. 가난은 특정한 정서를 이끌어내는 밑절미가 아니라, 실존의 조건으로서 상황을 구성하는 요소일 뿐이다. 화자는 우연히 지나가는 길손으로 말장난 같은 추측만 남긴다. 결국 "쑥떡 같은" 그녀는 "어느 때부턴가 그저 떡만 파는 여자"로 인생이란 무대에 소도구처럼 잠시 얹혔다가 사라지고 만다.

최치언 시인은 이렇게 거두절미하고 연극의 한 토막을 불쑥 던져놓는다. 세탁소가, 밥상이, 떡 파는 좌판이 무대를 이루고, 등장인물 두어 명이 그곳을 채운다. 최치언의 대본에는 내레이터의 해설 따윈 없다. 배우들이 속내를 드러내는 일도 거의 없다. 무대 위에 선 시는 특정 장면만 보여줄 뿐이다. 「올림푸스 세탁소」의 숨은 화자는 시종일관 관찰자 시점을 유지하며, 감정 노출을 철저히 통제한다. 등장인물과 화자/시인은 감정 이입이나 동일시를 독자에게 요구하지 않는다. "수줍게"와 "구겨진" 두 단어만이 인물의 심리 상태를 나타내는데, 이 한순간의 감정조차 전체를 지배하는 묘사의 객관성에 휩쓸려 희미해진다. 화자가 전지적 시점으로 개입하는 일 또한 드물어서, 등장인물이 처한 어려운 상황은 "오늘도 비는 내리지 않고"의 "도"와 "않고"에 슬쩍 묻어 있는 정도다. 독자는 작품 안으로 들어갈 수도 없고, 들어가지도 않는다.

이러한 방법론은 브레히트Brecht의 소외 효과에 맥이 닿아 있다. 시는 무대 위에서 따로 흘러가고, 독자/관객은 결코 넋을 잃지 않고 무대의 흐름을 바라본다. 세탁소로 달려가 주인장을 부둥켜안고 함께 망치질을 하며 속울음을 삼키는 독자는 없다. 소외 효과는 감정 이입을 부정하고 거리 두기를 통해 관객 스스로 이면에 숨어 있는 진실을 직시하도록 한다. 신전 대신 인간의 세탁소가 들어선 올림푸스 산정. 신성이라는 절대가치가 무너지자 인간은 부조리한 숙명과 실존의 고뇌를 끌어안을 수밖에 없는 존재가 되었다. 망치를 들고 종일 못을 박아도 신성은 다시 강림하지 않고, 아무리 재봉틀을 돌려도 삶은 꽃꽂이 말라간다. 의미와 목적을 잃어버린 인간의 헛된 행위만이 세탁소 주변을 떠돈다. 이것은 부조리극이 세계를 보는 전형적인 방식이다. 존재의 가치와 관념의 합리성은 사라지고 체험의 불합리함이 그대로 무대 위에 오른다. 부조리는 인간의 조건이다. 세탁소와 망치는 이성의 틀을 벗어나 한자리에서 만나고, 다리 부러진 밥상과 쓸쓸한 떡판에는 언어의 난센스만 올라와 있다.

에슬린Esslin이 지적한 것처럼, 부조리극에는 "동기가 숨겨져 있고 행위가 이해되지 않는 인물들이 있기 때문에 소외 효과는 브레히트의 극보다 부조리극에서 더 완전하게 일어난다."(부조리극에 관한 논의는 Arnold P.Hinchliffe, 『The Absurd』를 번역한 서울대 출판부의 『부조리문학』참고) 브레히트의 주인공들이 때로는 공감을 주는 데 반해, 부조리극의 몽상인물은 아이덴티티를 요구하지 않는다. 전통 서정시가 대부분 세계를 자아화하는 과정에서 동일성을 매개로 서정성을 확보하는 데 반해, 최치언의 시는 세계를 무대 위에 던져둠으로써 감정 이입을 차단하려 한다. 그런 까닭에, 등장인물의 상황이 고통스럽고 격렬하거나 처연하더라도 관객/독자는 웃을 수 있다. 관객/독자는 "코끼리 궁둥이만 한"여유를 누리며 "누룽지"처럼 고소하게 상황을 곱씹을 수 있다. 여자가 꼿꼿이 말라가고 남자의 마음이 구겨져도 독자는 일정한 거리를 둔다. 그들의 불안과 절망은 연민의 대상이 아니라, 필연에 대항할 수밖에 없는 인간 존재의 부조리가 낳은 고뇌이다. 가난은 또한 물질의 궁핍뿐아니라 정신의 공황과 현대 사회의 모순 구조를 드러내는 실존의 조건이다. 신성을 상실한 시대의 진실을, 부조리한 실존을, 직시하는 것, 그것이 바로 소외 효과의 종착점.

부조리를 직시하면, 이 시대에 "건재한 것들이 있다는"게 오히려 우스운 일. "폐허의 진지함"(「장마 1」), "출렁이던 목살의 진지함"처럼 언어부터 비틀려 나온다. 말의 합리성/논리는 관념의 의자에서 경험의 바닥으로 나자빠진다. 최치언의 시는 이 부조리한 경험의 맨바닥에서 잉태된다. 상징이나 알레고리로 스며든 관념은 거의 되살아나지 않는다. 그래도 아무 상관이 없다. 상황 자체가 그대로 의미인 까닭이다. 부조리는 부조리함 그 이상도 이하도 아니기 때문이다. 「공황」의 경우처럼, 주인공의 행위와 조건이 바로 부조리함 자체다. "거리에서 비를 맞이하고 다음 거리로 내달리는 일", 이 "실없는 짓"이 직업인 사내의 모습은 곧 부조리한 시대를 살아가는 인간의 자화상. "부푼 엉덩이와 튀어나온 배"의 팽팽한 긴장을 추스르고 목살을 출렁이며 달리고 달려 사내가 도달한 종점의 풍광은 우스꽝스럽거나 심각하며 끔찍하고 무의미하다.

부조리를 근간으로 하는 최치언의 상상력은 단순함과 기상천외 사이를 자유자재로 넘나든다. 어떤 작품은 신명이 넘치고, 어떤 작품은 엽기 드라마처럼 끔찍하다. 어느 경우든 역동성은 작품을 떠받치는 강력한 무기다. 상상력이 거침없이 흘러가도록 부지런한 용언들이 길을 닦는다. 각 작품이 다루는 제재와 초점도 다양하다. 「촛불」과 「말 탄 자」「설탕은 모든 것을 치료할 수 있다」「원형 극장」등은 부조리의 근원을 정치적/제도적 억압이나 권력/욕망 중독의 알레고리로 풀어보려 한다. 「유물」「끈」「숲의 기적」「목격자」처럼 힘의가 문명에 있음을 네비치기도 한다. 「동거」「스핑크스」「사막을 건너는 낙타 표 성냥」「자전거 타는 여자면」「동상」「우리 시대의 스승」등은 실존의 아이러니를 깔아놓는다. 영화 「일 포스티노」를 패러디한 「성좌」나 「감자 먹는 노인들」「절벽 위의 노인들」「도대체 사과는?」등에는 존재론적 한계가 스며 있다. 앞서 논의했던 「올림푸스 세탁소」와 「가난한 날들의 밥상」「여자의 일생」처럼 하나의 정황을 비교적 단순하게 몰아갈 때도 있지만, 최치언의 작품들은 대부분 여러 가지 상황/사건들이 밀고 당기며 복잡한 상징과 모호한 알레고리를 만드는 경우가 많아서 어느 한 측면에서 해석하면 작품이 지닌 풍성한 이미지를 손상하기가 쉽기 때문이다.

  무엇보다, 부조리라는 것이 내용의 부조리함뿐 아니라 형식의 부조리함도 포함하기 때문에, 시상이 논리의 흐름을 벗어나기 십상이어서 한 작품 안의 여러 장면/사건들을 한꺼번에 꿸 수 있는 적절한 연결고리를 찾기 어려운 경우가 많다. 형식에서도 부조리는 부조리함 그대로 받아들일 수밖에 없는 셈이다. 오히려 지리멸렬한 형식은 그 자체가 부조리한 세계/자아를 대변한다. "버려진 냉장고"안에서 "염소가 고등어를 먹고 여자가 염소를 잡아 먹"(「동거」)는, 칼국수에서 "청동기 반달돌칼"(「유물」)이 출토되는, "메기의 납작한 대가리 속에 겁 많은 쥐가"(「도망가라 메기야」) 사는, 이런 비일상적이고 그로테스크한 사건들이 거듭 겹치며 기묘한 상황을 연출할 때, 각 시어나 장면마다 특정한 의미를 부여하고 앞뒤를 연관 짓는 일은 거의 불가능하다. 알레고리의 내용이 드러나면 알레고리로서 가치를 잃어버리듯, 의미를 규정하면 작품의 영토가 훨씬 줄어들 수도 있다. 부조리한 형식 그 자체가 도리어 신선한 상상력을 창출하게 하고 즐거움을 줄 가능성이 더 크다.

바퀴가 진창에 빠지면 어쩌나 근심도 한가득
　실어 담고 저 맛나고 구수한 죽이 식어 빠지면
어쩌나
　으싸으싸 붉은 병정개미 떼처럼 궁둥이를 가로세
로 흔들며

수레를 밀고 또 밀었지요 얼마쯤 올랐을까요
앞에서 끌던

　　친구가 머리를 땅에 박고 거꾸러지는 거예요 순식
간에 바퀴가

　　밀리며 뒤에 있던 두 친구를 깔아뭉개버렸어요 나
와 냉방사

　　누이는 어깨 위에 국자를 메고 그저 수레가 언덕
밑으로

　　굴러떨어지는 것을 쳐다만 볼 뿐이었지요 저렇게
가을로

　　떨어지기만 하면 꽃이 될 수도 있겠구나 생각했
지요

　　거짓말처럼 우리가

　　오르던 길에는 수레국화가 탐스럽게 피어 있었
지요

　　우린 국자를 하늘 높이 던져버리고

　　친구의 주검 위에 두 개의 바퀴처럼 드러누웠지요

－「수레국화」부분

　"보글보글 끓고 있는 팥죽을 떠 담기 위해"언덕을

오르는 이 수레는 이카로스의 날개일까? 활기찬 비상과 처참한 추락이 순식간에 엇갈린다. 앞부분의 경쾌함을 단숨에 깔아뭉개는 갑작스런 사고에는 원인이 없다. 인과의 고리 없이 운명은 불현듯 들이닥친다. 죽음과 상실감은 피할 수 없는 인간의 조건. 이 시시포스의 바위를 밀쳐내고 닿을 수 없는 곳에 이르려는 욕망의 날개/수레는 비참하게 곤두박질치게 마련이다. 그러니 "으싸으싸 붉은 병정개미 떼처럼 궁둥이를 가로세로 흔들며/수레를 밀고 또"미는 신명나는 표현에는 한 치 앞도 못 보는 인간에 대한 비아냥거림이 숨어 있다. 신 쪽에서 보면 필연이고 인간 쪽에서 보면 우연인 죽음이, 그예 죽음이 닥치고서야 비로소 "팥죽"이 헛된 욕망임을 깨닫는다. 아니, 깨닫는 게 아니라, 그 허망을 어찌할 수 없이 바라본다. 때는 이미 늦었다. "이빨도 들어가지 않던 세월이 그새 푹 익어버"(「감자 먹는 노인들」)리고, 언덕을 오르려던 욕망은 죽음 곁에 길게 드러누웠다.

그러나 「수레국화」의 죽음은 무겁지 않다. 현실이라면 끔찍하고 작품의 의미로도 심각한, "친구의 주검 위에 두 개의 바퀴처럼 드러"눕는 행위는 수레국화처럼 밝은 어조에 실려 있다. 죽음의 부정성은 표현의 긍정성에 휘말려버린다. 바지런한 용언들이 "궁둥이를 가로세로 흔들며" 사건을 경쾌하게 몰아간다. '-었지요'로 되풀이되는 어미는 겸손을 앞세우고 능청도 떨어가며, 죽음을 아득한 옛날얘기 한 토막처럼 아른거리게 만든다. 코앞에 놓인 참혹한 죽음을, 물기 꼭 짜서 내놓는다. 감상이 끼어들 여지는 사라진다. 물론 그런다고 죽음이 의미를 잃는 건 아니니, 형식과 내용의 부조화는 죽음을 조롱하는 듯도 하고, 죽음을 숙명으로 짊어지고도 아등바등하는 삶을 비웃는 듯도 하다. 죽음을 껴안고 살면서도 죽음에서조차 소외된 인간 존재가 바로 부조리의 근간임을 말하는 것도 같다.

어쨌거나 형식과 내용의 부조화는 죽음을 우스꽝스럽게 만들면서 독자를 사건에서 멀찍이 밀어낸다. 독자는 그 거리만큼 작품을 즐기다가, 문득 '이게 도대체 뭐이냐?' 눈을 크게 뜨고 묻는다. 이 독한 지문이, 세계에 대한 새삼스런 의문이, 자기 존재에 관한 깊은 회의가 곧 최치언의 시가 드러내려는 요체다. 답은 있어도 좋고 없어도 상관없다. 중요한 것은 질문하는 행위, 죽음 앞에 드러눕는 일. "배추 이파리처럼 시들어가는 나날을 솎아내지도 못하고"(「자전거 타는 여자면」), 자본주의의 속도에 휩쓸려 "감당할 수 없는 주름의 시간"(「연못」)에 떠밀려가는 삶, 그 삶에도 브레이크를 덜컹, 거는 일. '이게 삶이냐?' 외치며, 자신의 죽음 곁에 드러눕는 일. 형식과 내용의 부조화는 결국 인간의 내면을 더 깊이 들여다보도록 만든다. 우스꽝스럽거나 기이하거나 끔찍한 것은 시의 겉모습일 뿐. 최치언의 시는 우리를 자신에게 되돌아가게 하는 마력을 지녔다.

죽음은 이 마법의 힘을 최고로 끌어올리는 제재다. 그것이 부조리한 세계를 가장 극명하게 드러내기 때문이다. 최치언의 시에는 다양한 형태의 죽음이 등장하지만, 그것들이 인간의 내면에 도사린 죽음, 부조리의 근간이라는 점에서는 다르지 않다. 「늑대」는 죽음과 맞닥뜨린 군상들의 행태를 다양하게 보여준다. "피가 뚝뚝 떨어지"는 "늑대의 얼굴을 잘라"온 그와, 안타깝게 "가슴을 쥐어뜯"는 나와, 부지런한 유리잔만 닦는 주인과, 무심하게 "트럼프를 치며 가끔 기지개를 켜"는 사내와, "카드를 뒤집으며 웃어 제"끼는 여자들이 연출하는 무대는 지리멸렬하게 흐트러져 있다. 죽음의 얼굴은 각자에게 전혀 다른 무게로 다가든다. 어쩌면 이 인물들은 복잡하게 분열된 현대인의 내면 모습인지도 모른다. 「여자들의 저녁 식사」는 끔찍하다. 웨이트리스가 가져온 건 식칼 한 자루. 여자는 그 칼로 함께 온 사내의 목을 쳐서 주방으로 보낸다. "주방에서 먼 칼질 소리가 들려오고/식탁마다 실성한 여자들이 혼자 저녁을 먹고 있"는 광경은 고아기로 가득 찬 이 시대의 알레고리처럼 보인다. 사내의 목을 내려친 이 식칼은 칼국수에서도 출토되고(「유물」), "검은 폐수가 흐르는 방"에서도 튀어나와 너와 나를 잇는 마지막 끈을 잘라버리기도 한다(「끈」). 죽음과 광기는 일상 곳곳에 웅크리고 앉아 언제든 터져 나올 준비가 되어 있다.

「도대체 사과는?」에서는 "탱글한 사과 하나가 칠십년의/세월을 단숨에 거꾸러뜨"린다. 「사막을 건너는 낙타 표 성냥」은 "낙타의 혹을 물통처럼 열고 주둥이를 들이밀었던/죽은 자의 피범벅이 된 얼굴"을 생의 진실로 내놓는다. "까르르 한번 웃다 전봇대에 부딪"혀 "엉덩짝 한 근 살짝 내비치곤 깨진 물컵처럼/영영 제 몸을 추스르지 못"(「자전거 타는 여자면」)한 여자의 갑작스런 죽음에는 우스꽝스럽다는 심사가 앞선다. "텅 빈 유원지 봉고차 안에서" 살해(시인은 질식사를 사고사가 아닌 살해로 읽는다)당한 아이에게 죽음은 어이없이 들이닥친 불청객이다. 인생의 "원형극장"에는 어거지 같은 죽음이 떼로 몰려 있다. "썩어가는 시체를 두고"사람들은 "기타를 치고 노래를 부"른다. "어둡고 습한/세월의 극장"에서는 "허옇게 구더

기가/죽은 남자의 입속에서 기어나와도" 사람들은
"죽음의 이유"(「원형극장」)를 모르고 죽음을 인정하
려 들지도 않는다. 따지고 보면, 우리네 인생이 다 이
러하지 않은가? "죽음을 현장과는 상관없는 곳에서/
찾고 있"(「수사 밖의 수사」)는 꼴이니, 삶은 안에서
먼저 곪아 터질 수밖에 없을 터. 「화장터」는 인간의
내면이 얼마나 구역질 나는 물질로 가득 차 있는지,
그것이 얼마나 처참한 욕망인지 잘 보여준다.

　　먹지에 돋보기를 대듯 살갗이 구슬구슬 타들어
가기 시작했지
　　먼저 왼팔이 안으로 꺾여 들어가고 눈알이 팝콘처
럼 부풀어 오르다
　　터져버린 거야 눈물도 나지 않더군 두 발을 꽁꽁 묶
었던 밧줄이
　　맥없이 풀어졌지만 뛰쳐나갈 수 없었어 그때
동생이
　　부지깽이로 내 배를 푹 찔러보는 거야 장난처럼
비명도 없이
　　젓가락을 받아들이듯 내 배가 내장을 쏟고 말았
지 구린 날들이 일제히 새털처럼 꼬스라들고 말

앉지만

　누군가 가족사진을 내던지고 저주를 퍼붓고 있
었지

　저건 죽어서도 구린내를 풍기는군

　그러나 내 귀는 이미 쪼그라들고 말들은 혓바닥
에 붙어버렸지 아 그때 나는 처음으로 말의 맛을 알
고 말았지

　텁텁하고 누른 피의 맛 그리고 나는 이렇게

　뼛가루로 뿌려지고 있는 거야

— 「화장터」 부분

　　이 작품은 최치언의 시로서는 드물게 화자 '나'가
진술 주체로 전면에 등장한다. 그런 만큼 감정이 들
어갈 틈이 생기고, 내면의 정황이 드러나기도 한다.
여전히 사건 묘사가 주조를 이루지만, 도덕성이 슬쩍
개입하며 풍자도 한 자리 끼어든다. 두드러진 엽기성
은 흔히 볼 수 있는 모더니즘 양식에 가깝다. 그런데
가만 살펴보면, '나'는 실재하는 사람이 아니다. "귀는
이미 쪼그라들고 말들은 혓바닥에/붙어" 시를 읊을
수도 없다. 화자는 "뼛가루로 뿌려지고 있는" 유령. 그

러니 이 시는 인간의 말이 아니다. 자아를 살해한 시체들이 추는 전위 무용 '부토'처럼, 죽은 자가 부르는 노래가 바로 「화장터」. 현실의 눈으로 보면, 「화장터」는 없다. 그렇다면 우리가 읽는 이 「화장터」는? 「화장터」는 경험적 실재와 논리적 부재 사이, 그 부조리한 공간에 놓여 있다. "죽어서도 구린내를 풍기는" 부재는 산 자들이 뱃가죽으로 탄탄하게 가린 욕망의 실재를 미리 푹 찔러본다. 「화장터」는 다시 최치언식으로 돌아온다. '나'는 유령의 탈persona을 쓴 배우, 존재의 심연에서 울려오는 진실의 목소리다.

최치언의 시는 코끼리 궁둥이처럼 뒤뚱거리고, 칼날처럼 날카로우며, "먹장구름처럼"(「촛불」) 어둡다. 기발한 상상력은 풍성한 의미망과 중층의 이미저리imagery를 생산하여 역동감 넘치는 문체를 이룬다. 시인은 상상력과 역동성을 최대한 북돋우기 위해 시를 언어가 자유롭게 뛰어노는 무대로 만든다. 최치언의 기본 전략은 보여주기. 시인은 독자에게 손을 내밀지 않는다. 그는 다만, "팝콘처럼 터지는 시간의 비명 소리"(「우리 시대의 스승」) 울리는 무대에서, 썩어가는 욕망의 뱃가죽을 가르고 부조리한 세계를 펼쳐놓을 뿐이다. 독자는 불편하다. 무대에서 멀어질수록 실존의 구역질이 내면 저 깊은 곳에서 팽팽하게 솟구쳐

오르기 때문이다. 최치언의 시 도처에 깔린 역겨움과 두려움, 끔찍함은 바로 당신과 나의 내면 풍경인 것. 그러나, 이 구린내 나는 마음을 먼저 내보이지 않고서는 깔끔하게 다림질도 할 수 없을 터. 그래서 최치언 시인은 자신부터 해부하여 시의 화장터에 올린 게 아니겠는가.

부조리를 말하는 순간, 인식 주체는 벌써 부조리를 넘어서고 있다. 부조리를 정의 내릴 때 이미 부조리의 타당성이 소멸하는 까닭이다. 게다가 부조리는 1960년대에나 유용한 개념이니, 이 시대에는 적절하지 못한 측면도 많다. 실제로 최치언의 시는 연극과 영화, 음악 등 부조리를 거쳐온 다양한 현대 예술의 영향을 받고 있는 듯 보인다. 그의 시가 부조리의 무대 위에만 있는 것은 아니다. 논의 과정에서 빚어진 오류는 이런 점들을 충분히 반영하지 못했기 때문이다. 특정 관점에서 읽었기 때문에 논리의 성근 그물을 빠져나간 부분도 많으리라. 그러나 부조리의 근본정신과 소외 효과의 방법론은 지금도 문학과 예술에서 여러 형태로 변용되고 있다. 최치언의 시집을 읽으면서 이 부분을 새삼 드러낸 것은 우리 시대의 상황이 근본적으로 변한 것이 없다는 생각 때문이었다. 최치언 시인도 잠언처럼 노래한다. "아주 오래전 그날

도/늑대로 태어나 늑대로 죽었던 이들이 있었다", 그
러니 검붉은 피 뚝뚝 흘리는 늑대 얼굴은 앞날까지
도 컴컴한 그림자를 드리울지 모른다.

설탕은 모든 것을 치료할 수 있나

2018년 9월 14일 1판 1쇄 펴냄

지은이   최치언
펴낸이   김성규
책임편집   조혜주
디자인   진다솜
펴낸곳   걷는사람
주소   서울 마포구 월드컵로 16길 51 서교자이빌 304호
전화   02 323 2602
팩스   02 323 2603
등록   2016년 11월 18일 제25100-2016-000083호

ISBN 979-11-89128-11-1 04810

ISBN 979-11-89128-08-1 (세트) 04810